EDWIN HOLKING

ET

LES DEUX ROYAUMES

MANON LEVASSEUR

EDWIN HOLKING

ET

LES DEUX ROYAUMES

FANTAISIE

© 2019 LEVASSEUR Manon
Edition : BoD — Book and demand,
12/14 rond-point des Champs-Elysées, 75008 Paris
Impression : BoD – Book and Demand, Norderstedt, Allemagne

Illustration : © didiwahyudi.trend

ISBN 978-2-322-18996-0
Dépôt Légal : Novembre 2019

*« La nature possède une force que nous avons bien
tort de négliger »*

Manon Levasseur

1

LA GUERRE DES DEUX PEUPLES

Sur ce vaste horizon, un étalon noir galopait à vive allure faisant trembler la terre. Dessus, un chevalier ensanglanté tenait tout contre lui un petit garçon. Ils se rendaient au château royal, situé au sud des terres de Lionnegard dans la contrée la plus rocheuse du territoire. La forteresse était construite sur un rocher, elle surplombait l'ensemble du village situé en contrebas des collines. C'était le roi Leander Holking qui était à la tête du royaume avec sa femme Adélaïde. Le couple était admiré pour sa force de caractère et son courage face à Edgar Smérold, l'ennemi de la couronne. Leander était en guerre contre cet homme depuis aussi longtemps qu'il le connaissait, tous les deux se détestaient au plus haut point.

À la tête du royaume d'Otulas, situé sur l'autre continent, Edgar était différent, tout comme le peuple qu'il gouvernait. Les intemporels, étaient nommés ainsi par les humains en raison du temps qui passait sans qu'ils n'aient la peau marquée. Ils étaient des êtres de la Terre et se présentaient comme ses protecteurs. Malgré l'apparente similarité entre les deux peuples, il était clair qu'il existait une différence pourtant remarquable. Les intemporels étaient dotés de capacités qui relevaient du surnaturel pour les humains. Ils possédaient un lien particulièrement étroit avec la Terre ce qui leur conférait certaines facultés dont notamment la maîtrise des éléments terrestres.

Depuis le temps des premiers hommes, les humains et les intemporels étaient en guerre et jamais aucun des deux rois n'avait fait en sorte d'arranger les choses.

— Nous sommes arrivés, Edwin.

Le petit garçon de trois ans ne répondait pas. Il venait de perdre ses deux parents au cours d'une bataille improvisée avec les intemporels. L'image de leurs corps, immobiles au sol au milieu d'une mare de sang, hanterait son esprit certainement toute sa vie.

Une fois dans la cour du château, le chevalier n'avait pas perdu de temps. Il avait traversé tout l'édifice avec le garçon, apathique, dans les bras. Ils étaient descendus au sous-sol jusqu'à une petite porte en bois, la franchissant sans prendre la peine de frapper. Ici, logeait Mme Plouvi Myriama, la guérisseuse du royaume.

— Sir Galaad ! Edwin ! s'exclama-t-elle surprise. M-m-mais que faites-vous ici tous les deux ?

— Edwin a besoin de soins, dit l'homme.

Il déposa sa charge sur un siège au fond de la petite pièce avant de filer sans lui donner plus d'explications. Sir Isaac Galaad était le Lord chevalier, responsable des armées du roi, il occupait une place importante auprès de Leander. Doté d'une stature imposante et d'une musculature très développée, l'homme possédait un talent certain pour ce qui était de manier une épée. Mais sa force et ses talents n'avaient pas suffi lors de la dernière bataille, celle-ci fut éprouvante pour l'homme qui sentait que son corps pouvait s'écrouler au sol à tout moment. Alors, puisant dans ses dernières réserves d'énergie, le Lord chevalier avait trouvé la force de se rendre dans la salle du trône pour annoncer la nouvelle aux souverains.

— Mon roi, ma reine… salua-t-il en posant un genou à terre.

Les portes furent refermées immédiatement après l'entrée de l'homme, claquant avec un écho à travers la salle du trône. Sir Galaad passa entre les deux rangées des trois colonnes dorées. Elles partaient du sol jusqu'au plafond, autant dire qu'elles étaient immenses, la famille Holking avait toujours vu grand. Il y avait un chevalier de chaque côté des colonnes, les souverains étaient bien protégés. Accrochés au plafond, des étendards d'un rouge flamboyant arboraient un lion doré rugissant sur deux pattes. Le lion représentait depuis toujours la famille Holking.

Le roi Leander, assis sur son trône, vêtu de ses habits royaux dominait l'ensemble de la salle. La reine à ses côtés paraissait beaucoup plus frêle et fatiguée. Les yeux bleu saphir du roi transperçaient ceux de Sir Galaad, comme s'il essayait de lire à travers lui et de comprendre sa présence ici avant même qu'il ne lui dise.

— J'ai une très mauvaise nouvelle à vous annoncer, reprit-il d'une voix grave en se relevant.

La reine Adélaïde était très inquiète en voyant l'air sombre du chevalier. Il émanait de lui une impression de tristesse. C'était peut-être son instinct maternel qui lui intimait cela mais elle sentait au fond d'elle que quelque chose n'allait pas, elle le sentait au plus profond de son être.

— Que s'est-il passé ? demanda le roi, les sourcils froncés.

— Nous étions arrivés devant le château de votre fils, commença-t-il d'une voix teintée d'émotion. Lorsque les intemporels nous ont attaqués.

Spontanément, les mains de la reine se portèrent sur son visage, cachant son nez et sa bouche, ses yeux commençaient déjà à briller redoutant le pire.

Le chevalier avait du mal à soutenir leurs regards, il s'en voulait déjà d'être la personne qui allait leur annoncer la terrible nouvelle.

— Ils étaient tellement nombreux, trop nombreux pour que nous puissions nous défendre.

Ils nous ont pris par surprise, nous n'avons rien pu faire. Votre…fils, Yvain et sa femme Caelia ont été tués dans la bataille.

Il murmura ces quelques mots qui brisèrent le cœur de la Reine. Elle fondit en larmes en sentant son cœur se déchirer à mesure du récit du chevalier. Elle venait de perdre une partie d'elle et c'était une douleur absolument atroce qu'elle ne souhaitait à aucune mère. Le roi était moins expressif mais ses poings serrés à en faire blanchir ses jointures, attestaient de la rage qu'il contenait.

— Et Edwin ?

—Il est vivant et ne présente que quelques blessures superficielles, la guérisseuse lui apporte présentement les soins nécessaires, répondit l'homme.

Bien que la tristesse fût grande, le couple était soulagé d'apprendre que leur petit-fils allait bien. Il était à présent tout ce qu'il subsistait d'Yvain et de Caelia, le seul souvenir du couple princier et à présent le futur héritier du trône.

— Renforcez la protection sur lui ainsi que sur ma fille. Ne laissez aucun inconnu s'approcher d'eux et je veux qu'un contrôle régulier soit mis en place en ville, vérifiez-moi tous les poignets.

Les intemporels possédaient sur leur poignet une marque : une fine ligne noire qui en faisait le tour et se divisait en deux sur le dessus. Grâce à cela, les humains avaient pu repérer un bon nombre d'intemporels dans leurs rangs, mais c'était aléatoire. Les intemporels pouvaient rendre leur marque invisible s'ils n'utilisaient pas leur faculté.

— Il ne sert à rien de procéder de cette manière Leander, répondit Adélaïde, la voix brisée, en regardant son mari.

Leander n'écouta pas sa femme, seul la haine qu'il ressentait pour les intemporels parla pour lui.

— Faites ce que je vous dis ! Ceux que vous attraperez seront exécutés !

Isaac hocha la tête.

— Il sera fait comme vous le désirez, mon roi.

— Vous pouvez disposer.

Isaac traversait les couloirs du château le visage abattu, le prince Yvain avait toujours été comme un frère pour lui. C'était le prince parfait avec ses cheveux dorés, ses yeux bleus et son sourire qui faisait craquer toutes les femmes dès qu'elles le croisaient. À l'image de son père, il avait été un homme imposant, fier et doté d'un courage exceptionnel. Lors de sa dernière bataille, il s'était battu vaillamment contre les intemporels pour défendre sa famille, Sir Galaad l'avait bien vu prendre tous les risques pour que sa femme et son fils puissent s'enfuir. Rongé par la culpabilité de ne pas avoir pu les sauver, lui et sa femme, le chevalier ne put endiguer le flot d'émotion qui le submergeait.

Il se glissa dans une alcôve, bien caché, l'homme dut poser sa main sur le mur pour se soutenir. Il essayait de calmer sa respiration erratique et de refouler au mieux cette boule, bloquée dans sa gorge. Mais les images du passé défilaient dans son esprit lui rappelant avec cruauté, tout ce qu'il ne connaîtrait plus jamais.

La vie qu'il avait aujourd'hui, il la devait à Yvain Holking et il ne l'avait jamais vraiment remercié de tout ce qu'il avait fait pour lui. Leur amitié improbable avait commencé le jour où le prince était venu le sauver d'un paysan en colère, alors qu'il avait chapardé de la nourriture. Isaac n'avait pas eu d'autre choix que de voler pour survivre, ses parents étant morts emportés par la maladie lorsqu'il était encore très jeune, il avait dû se débrouiller tout seul. Mais cette après-midi-là, sa vie avait pris un véritable tournant grâce au fils du roi. D'abord destiné à rester un enfant paumé dans les rues de la ville, il faisait aujourd'hui partie du cercle restreint du roi. L'homme sécha d'un revers de main ses larmes qu'il n'avait pas senti couler. Il se claqua ensuite le visage avec ses deux mains pour se reprendre et après avoir soufflé un bon coup, il sortit de l'alcôve, en faisant comme si rien ne s'était passé. Ses pieds le guidèrent jusqu'aux appartements de la princesse, pensant la trouver seule, il fut désagréablement surpris de la trouver en compagnie d'Ezékiel Layan.

Cet homme à l'apparence froide avec ses yeux et ses cheveux couleur de jais, était le chuchoteur du roi. Il connaissait les moindres secrets qu'abritait le château, l'espionnage et la manipulation des mots étaient des arts dans lesquels il excellait. Sir Galaad se demandait bien ce qu'il faisait ici, il n'avait pas pu être au courant aussi rapidement pour la mort du couple princier.

— Ne devriez-vous pas être avec mon frère en ce moment même pour rejoindre son château, Sir Galaad ? questionna la princesse.

Elena Holking était une jolie jeune femme, sa longue chevelure dorée qui descendait en cascade jusqu'en bas de ses reins et ses yeux bleus pétillants pouvaient rendre fou n'importe quel homme.

— Nous avons été attaqués, murmura-t-il en redressant la tête pour rencontrer les deux prunelles saphir de la jeune femme.

Son teint blême et ses yeux voilés avaient alerté la jeune femme qui était maintenant persuadée qu'il était arrivé quelque chose de terrible.

— Isaac ? murmura-t-elle soudainement très inquiète.

— Caelia et Yvain n'ont pas survécu.

L'annonce était tombée comme un couperet pour la princesse qui s'était laissé retomber sur son lit, accablée par la nouvelle. Le choc était immense. La jeune femme avait enfoui son visage dans ses mains et son corps tressautait à mesure que ses larmes coulaient. Ce n'était pas…possible, elle ne pouvait pas y croire.

Ezékiel avait gardé un visage de marbre, face à la nouvelle. Bien qu'il estimait l'homme qu'il avait été, Yvain et lui n'avaient jamais été proches. Cependant il compatissait à la douleur de la princesse, c'était une terrible nouvelle que d'apprendre si subitement le décès de deux membres de sa famille.

— Et Edwin ? demanda-t-elle aussitôt en redressant la tête. Elle prit peur en voyant que le visage du chevalier s'assombrissait.

— Non, non, pas lui, ne me dites pas que…

— Non, coupa-t-il en la rassurant immédiatement. Le jeune Prince Edwin va bien, je vous prie de m'excuser Princesse, je ne voulais pas vous inquiéter.

Elle avait soupiré, profondément soulagée d'apprendre que son neveu allait bien. Elle allait en recevoir la preuve puisqu'au même moment, la porte de ses appartements s'ouvrit de nouveau pour laisser passer la guérisseuse avec le petit garçon dans les bras.

— Voilà, le petit bonhomme. Il semble épuisé mais il va bien, Princesse, dit-elle d'un air entendu en lui remettant le petit directement dans les bras.

Malgré son immense chagrin, Elena ne put s'empêcher de sourire en attrapant le petit garçon avant de le serrer contre elle. Edwin était encore très jeune, trois ans maintenant qu'il était né un matin d'hiver en apportant un souffle de bonheur dans cette guerre.

— Merci, Myriama.

La femme hocha la tête.

Isaac remerciait malgré tout les dieux pour la vie du jeune Edwin, qui faisait partie des rares personnes à avoir survécu à l'attaque des intemporels. Il apportait à la princesse un certain réconfort qu'aucun autre n'aurait pu lui apporter. Perdu dans ses pensées, l'homme ne vit pas que la guérisseuse examinait son corps du regard.

— Vous êtes blessé, indiqua-t-elle en pointant le torse du chevalier où du sang s'écoulait à travers l'armure.

— Ce sont seulement quelques égratignures, dit-il en balayant l'inquiétude de la femme d'un geste de la main.

— Bien. Mais soignez-les, si la plaie s'infecte je ne pourrai plus rien faire, dit-elle d'un air sévère avant de quitter les appartements de la jeune femme.

L'espace de quelques instants aucune des trois personnes présentes dans la pièce ne parlait, chacun perdu dans ses pensées. Sir Galaad – qui était resté tout au long de la conversation près de la porte – s'avança au centre de la pièce. Ezékiel observait l'enfant dont la tête reposait contre la poitrine de la femme, les bras tombant de chaque côté de son corps et ses minuscules jambes entourant la taille de la princesse. Edwin faisait exception à sa famille, ses cheveux n'étaient pas dorés mais noir corbeau tout comme ceux de sa mère, en revanche il avait hérité des yeux bleus de son père. Isaac s'approchait encore un peu plus de la jeune femme jusqu'à se placer à côté d'elle. Hésitant quelques secondes, il l'attira vers lui de son bras pour qu'elle pose la tête sur son épaule. Ses grands yeux bleus étaient aussi perçants que ceux de son père mais contrairement à lui, ses yeux n'exprimaient pas la sévérité. Elle avait toujours un regard pétillant rempli de douceur et la grâce était dans chacun de ses gestes. Son apparence chétive donnait au chevalier ce besoin de la protéger. Ezékiel redressa la tête en jetant un regard mauvais au chevalier qui se permettait de telles manières. Tandis que le regard d'Edwin se faisait hésitant entre Elena et Ezékiel, et alors que l'homme ne s'y attendait pas, le petit voulut descendre des bras de la princesse. Celle-ci accéda à sa demande en se détachant du chevalier. Ezékiel regardait le petit avancer d'un pas chancelant vers lui. Il commença à faire un pas en arrière alors que l'héritier pénétrait sa zone de confort et semblait déterminé à l'approcher. Lorsque l'homme ne pouvait plus reculer, accolé au mur, le jeune prince arriva à quelques centimètres de lui et lui ouvrit les bras en le regardant de ses yeux bleus plein d'espoir.

— On dirait bien que le jeune prince a senti que vous aviez besoin d'un câlin Lord Layan, ricana le chevalier.

Le chuchoteur fusilla l'autre homme du regard avant de regarder de nouveau le gamin qui lui tendait ses deux minuscules bras avec un regard suppliant.

— Je ne suis pas aussi doué que vous pour ce genre de démonstration affective, dit-il en regardant de nouveau l'homme puis la princesse.

C'est donc en ignorant Edwin qu'il partit plutôt agacé. Sa frustration n'échappa à personne compte tenu de la violence avec laquelle il claqua la porte derrière lui.

— Mais quel imbécile, siffla Isaac

Alors que le petit garçon était triste et commençait à pleurer, Elena se précipita pour le prendre dans ses bras en secouant doucement sa tête de droite à gauche. Elle ne comprenait pas les réactions d'Ezékiel, il pouvait être parfois tellement agréable et l'instant d'après tellement infect.

— Je suppose que les choses ne sont pas près de s'arranger, dit-elle doucement en séchant d'une main ses larmes.

— Non, j'en ai bien peur, répondit Isaac.

2

LE TOUCHER DU PASSE

Douze ans plus tard. Edwin se réveilla en sursaut, en sueur, la respiration erratique, ce rêve qu'il venait de faire lui paraissait tellement réel. C'était la première fois qu'il voyait des membres de sa famille vivants et cela était étrangement perturbant, d'autant plus qu'il avait ressenti toutes leurs émotions. C'était comme s'il avait pris possession de leurs corps. Le jeune homme se leva de son lit, il ne pouvait de toute façon pas se rendormir donc il se rendit dans la pièce principale en espérant pouvoir reprendre ses esprits. Mais au moment même où il posa ses mains à plat sur l'épaisse table à manger, faite de bois, son esprit le transporta ailleurs. La sensation n'était pas douloureuse en soi, mais ce n'était guère agréable. Alors que son corps ne bougeait pas, il se sentait – à l'intérieur de son corps – comme tiré en arrière.

Lorsqu'il ouvrit ses yeux, qu'il avait gardé fermés pendant cette sensation fort désagréable, le jeune homme se sentit automatiquement prisonnier, dans un corps qui ne lui appartenait pas. Edwin était complètement désorienté, il n'arrivait pas à comprendre ce qui pouvait bien lui arriver. Repoussant la panique qui s'insinuait doucement en lui, il se concentrait plutôt sur ce qu'il voyait autour de lui. La salle était plutôt petite. Le sol était recouvert d'un grand tapis bordeaux avec de grandes arabesques dorées. Sur le mur, il y avait de nombreux tableaux accrochés qui représentaient la famille royale. La petite salle était réchauffée par un feu qui crépitait joyeusement dans l'antre de la cheminée. Le jeune homme venait de comprendre qu'il se trouvait dans le corps de son grand-père, ses mains étaient à plat sur la très grande table en bois et son regard était rivé sur la carte en face de lui. Puis soudain, il se sentit rejeté du corps comme si quelqu'un l'en tirait, son angle de vue changea alors et il fut surpris de voir à quel point son grand-père avait changé par rapport à son premier rêve.

Leander Holking était devenu méconnaissable depuis la mort de son héritier : ses cheveux étaient devenus entièrement blancs, de nouvelles rides parsemaient son visage en plus de ses yeux cernés par la fatigue accumulée. Le jeune homme assistait à une réunion entre le roi et son cercle proche qui, soit dit en passant, ne comportait que très peu de personnes. Il n'y en avait que trois : le chevalier Galaad, le chuchoteur Layan et enfin le précepteur Godefroy qui avait une connaissance aiguisée des intemporels.

— Nous devons disposer des archers en haut des collines, dit le roi en pointant sa carte du doigt, montrant la position qu'ils devaient prendre.

— En tirant d'ici nous risquons de toucher les gens du village, indiqua Isaac. Pourquoi ne pas les attaquer de face directement ?

— Nous ne pouvons risquer une attaque de front. Ils balayeraient l'armée d'un simple coup de vent, non, il ne faut surtout pas que les hommes se retrouvent groupés face à eux, dit Godefroy.

Le roi se décala de la table, jusqu'à se rapprocher de la fenêtre.

— Et vous, qu'en pensez-vous Lord Layan ?

Les deux autres tournèrent leur tête pour regarder le chuchoteur, attendant qu'il parle et donne raison à l'un ou à l'autre.

— Je suis plutôt d'accord avec le précepteur, dit-il.

— Evidemment, siffla Isaac entre ses dents.

Il y avait une sorte de tension entre le chevalier et le chuchoteur, Edwin la ressentait, les deux ne s'aimaient pas mais il en ignorait la raison. Lord Layan continua son monologue en ignorant Lord Galaad.

— En divisant vos hommes, les intemporels n'auront pas d'autre choix que de les attaquer un à un. Il suffira donc aux chevaliers de les débarrasser de leurs bois pour les rendre vulnérables.

Edwin avait déjà lu ça dans un livre. Les intemporels ne se battaient jamais avec des épées, des arcs ou tout autre type d'armes qu'utilisaient les humains. Non, ils utilisaient seulement de grands morceaux de bois qui étaient bien plus puissants et plus forts qu'ils n'apparaissaient. Et c'était d'ailleurs grâce à eux qu'ils pouvaient contrôler les éléments terrestres, mais ce n'était pas tout, les intemporels pouvaient donner à leurs bois la forme qu'ils voulaient de sorte qu'en un instant, ils pouvaient prendre la forme d'un poignard et l'instant d'après être une grande lance. Mais si jamais ils venaient à être séparés de leurs morceaux de bois, alors ils devenaient aussi vulnérables qu'un petit enfant.

— Bien. Sir Galaad placez donc des archers en haut des collines et divisez tous les rangs, par groupe de deux les chevaliers patrouilleront dans la ville et le château. Créez donc un parcours qu'ils suivront sans jamais se retrouver regroupés.

— Bien, dit Sir Galaad en hochant la tête en signe de respect.

— Cela étant réglé vous pouvez disposer. Sauf vous, Lord Layan.

Les deux autres hommes partirent laissant le roi seul avec son chuchoteur. Ezékiel attendait debout devant la grande table que le roi daigne lui faire part de quelque chose.

— Je ne suis pas idiot vous savez, commença le roi.

— Loin de moi de penser de telles choses de vous, mon roi, répondit Ezékiel en fronçant les sourcils.

— *L'hypocrisie ne vous sied pas, Lord Layan. Vous ne croyez pas un seul instant que nous allons gagner cette guerre, n'est-ce pas ?*

Le roi se détourna de sa fenêtre pour planter ses deux yeux bleus dans ceux onyx de l'autre homme.

— *Moi non plus je n'y crois pas, admit-il en surprenant l'autre homme. Mais je considère que j'aurais gagné si j'emporte Edgar avec moi, dans cette foutue tombe.*

— *C'est à souhaiter, répondit Ezékiel*

Le roi regardait Ezékiel en ricanant.

— *Vous êtes un homme complexe, Lord Layan, avec des intentions bien difficiles à cerner. Je sais que toute cette aide, ô combien précieuse, que vous m'avez apportée durant ces quelques années, n'était pas innocente et que vous y trouviez votre intérêt personnel.*

Edwin regardait l'homme aux cheveux de jais. Contrairement aux autres, il avait beaucoup de mal à le cerner, à comprendre ses sentiments. Il avait quelque chose de spécial par rapport aux différents hommes de son entourage.

— *Dans une guerre qui s'éternise, où chaque individu peut tout perdre en un instant, il serait bien idiot de ne pas servir son propre intérêt, répondit Ezékiel avec un sourire narquois.*

L'étrange vision s'arrêta ici. Edwin voyait que tout ce qu'il y avait autour de lui devenir flou, à mesure que son esprit regagnait son corps. Il entendait vaguement son prénom lui faire écho, quelqu'un l'appelait. Reprenant peu à peu possession de son corps, il se sentait balloté . Il voulut dire quelque chose et ouvrir les yeux pour signifier à cette personne d'arrêter de le secouer comme un prunier mais il était épuisé. C'était comme s'il venait de dépenser toute son énergie, alors qu'il s'était réveillé depuis peu.

— ...WIN ! Allez réveille-toi mon garçon, s'exclama un vieux monsieur accroupi, tenant d'une main un grand bâton et secouant de l'autre le jeune homme étendu au sol, inconscient.

George Ilfried était responsable d'Edwin. Ce vieil homme au visage ridé, aux cheveux blancs hirsutes avait toujours son chapeau de paille vissé sur la tête et son grand morceau de bois sur lequel il prenait appui. Monsieur Ilfried avait toujours été un homme bon avec Edwin Holking. Il l'avait recueilli alors que toute sa famille avait été tuée pendant la grand bataille au château royal, l'homme l'avait éduqué dans cette maison à l'abri du danger que représentait Edgar Smérold. Edwin réussit finalement à reprendre conscience, il se redressa sur un coude en papillonnant des yeux. Il grimaça franchement lorsque sa tête le lança, comme s'il avait reçu un coup.

— Tiens, bois ça, dit l'homme en lui tendant une fiole qu'il venait de sortir d'un de ses placards.

Le jeune homme s'en saisit en la buvant d'un coup, les remèdes à base de plantes que confectionnait le vieil homme avaient le mérite d'être efficaces mais ils n'avaient jamais bon goût.

— Que s'est-il passé ? demanda finalement l'homme encore très inquiet.

Monsieur Ilfried avait été surpris d'entendre un bruit sourd venant de la pièce principale, mais il l'avait été encore bien plus en constatant le corps du jeune homme étendu au sol.

— Je ne suis pas sûr mais je crois que j'ai eu une vision, murmura le jeune homme pensivement. J'étais dans la peau de mon grand-père et il parlait avec son cercle restreint, il y avait Sir Galaad, Lord Layan et…

Edwin ne se sentait vraiment pas bien, toutes les émotions qu'il ressentait étaient confuses à présent et il ne savait plus quels étaient ses propres sentiments.

— Je ressentais tout ce qu'il éprouvait, je savais ce qu'il pensait, dit-il encore très perturbé.

Monsieur Ilfried le regardait, fasciné, en comprenant ce que le jeune homme lui expliquait, c'était impressionnant et très rare. L'homme avait de très bonnes connaissances sur le monde qui l'entourait, alors il pouvait affirmer ce que détenait le jeune homme en face de lui.

— C'est incroyable ! Tu possèdes un don très rare Edwin.

— Un don ? demanda le garçon plutôt perplexe en se relevant doucement.

Le vieil homme hocha la tête tout en l'aidant à s'asseoir sur la chaise en bois.

— Cela s'appelle le toucher du passé et c'est une maîtrise très complexe que peu de personne possèdent. Avec un tel don en ta possession tu pourrais choisir de voir le passé d'un objet ou des scènes qui se sont déroulées à un endroit précis, tu pourrais découvrir nombre de vérités cachées rien qu'en touchant une personne.

— Et si je ne veux pas de ce don ?

Edwin n'était pas particulièrement ravi d'être en mesure de voir le passé, le vieil homme semblait l'avoir remarqué puisqu'il posa une main réconfortante sur son épaule.

— C'est un cadeau des dieux mon garçon, on ne refuse pas un tel don.

— C'est un bien cruel cadeau que de voir les souvenirs de sa famille décédée, cela ne va certainement pas m'aider à vaincre Edgar.

Edwin voulait prendre la relève de son grand-père, le roi Leander n'avait pas réussi à tuer l'intemporel mais le jeune homme avait bien l'intention d'y parvenir. Il voulait reprendre la tête du royaume et instaurer, enfin, un climat de paix entre les peuples.

— Cela va t'aider d'une manière que tu ignores encore. Tiens, mange un morceau, dit l'homme en plaçant un bout de pain sur la table.

Le jeune homme n'était pas sûr que le passé pouvait apporter quelque chose de bon pour l'avenir, il y avait parfois des secrets qu'il ne fallait mieux pas déterrer au risque de créer de nouveaux conflits. Et quelque part au fond de lui, il avait peur, peur de découvrir des choses qui le concernaient.

Pour mettre fin à son angoisse, Edwin était sorti malgré le vent glacial qui fouettait son visage. Ici, sur cette petite parcelle de forêt il n'y avait aucun risque que quelqu'un s'y trouve, l'accès à ce lieu était beaucoup trop complexe. Entouré de falaises, le seul passage pour accéder à cet endroit était une grotte que George avait bien pris soin de camoufler.

Edwin n'était jamais sorti, le vieil homme ne voulait pas qu'il soit inutilement en danger, il y avait de toute façon, tout ce dont ils avaient besoin ici. Afin de se changer les idées, il se rendit sur l'arrière de la maison, là, il y avait un bonhomme fait de paille qui servait d'adversaire au jeune homme lorsqu'il s'entrainait à l'épée ou avec un grand morceau de bois. Parce que Monsieur Ilfried avait vraiment insisté pour que le garçon s'entraine aussi bien à la manière des chevaliers qu'à celle des intemporels. Alors aujourd'hui, il choisit le bois et à chaque entrainement il le maniait avec un peu plus d'aisance, ses gestes étaient devenus souples, sûrs, puissants, il le manipulait avec une certaine habileté. George Ilfried lui avait appris quelques mouvements défensifs qu'il répétait plusieurs fois au cours de ses entraînements.

— Bien, voyons voir de quoi tu es capable, dit le vieil homme en arrivant à ses côtés avec son éternel chapeau de paille sur la tête.

— Je ne voudrais pas vous faire mal, dit-il moqueur.

Monsieur Ilfried balaya d'un geste de la main les inquiétudes du garçon. De ses deux mains, il maintenait son grand bout de bois perpendiculairement à son corps, les jambes écartées, les genoux fléchis, il était prêt. Edwin n'attendit pas pour attaquer, les deux grands morceaux de bois claquèrent dans l'air si fort qu'ils firent fuir un oiseau. Le vieil homme se débrouillait bien pour son âge mais Edwin avait fait beaucoup de progrès et finalement il était devenu le plus fort des deux. George n'en attendait pas moins de lui.

— Tu te bats bien, dit-il alors qu'il sentait la détermination dans chacun des mouvements du garçon.

— Je peux faire mieux, répondit le jeune homme pas vraiment satisfait de lui-même.

Le vieil homme souriait, amusé, parfois il se revoyait en Edwin lorsqu'il avait son âge, jamais satisfait de ce qu'il parvenait à faire. Cela n'était pas une mauvaise chose. Dans la vie, rien n'était acquis et la détermination qu'avait Edwin, le pousserait toujours à aller plus loin et c'était exactement ce qu'il fallait dans une guerre.

— Tu as quand même mérité ceci, dit l'homme en sortant quelque chose de sa poche. On me l'a donné pour que je te le remette à ton quinzième anniversaire, bon anniversaire mon grand, continua-t-il sans donner plus d'explication.

Edwin remarquait que le vieil homme n'était pas à l'aise, il était presque réticent à lui donner.

— De quoi s'agit-il ? demanda Edwin curieusement en regardant le bâton.

Le vieil homme hésitait à répondre à sa question. Mais finalement il n'eut pas besoin de le faire. Avec son nouveau don, Edwin fût transporté dans le passé sans qu'il puisse l'en empêcher. Monsieur Ilfried, était inquiet de ce que le jeune homme pourrait découvrir sur lui et surtout sur ce qu'il lui avait caché pendant toutes ces années.

Edwin atterrit en plein milieu d'une forêt. Il faisait nuit, la pleine lune était haute dans le ciel. Un George Ilfried plus jeune, semblait apprécier le léger vent frais, alors qu'il était dans l'attente de quelque chose ou de quelqu'un. Caché à côté d'un tronc d'arbre vêtu de noir, son capuchon sur la tête, il ne cessait de tourner sa tête à droite puis à gauche, inquiet.

— George, appela doucement une personne, c'était une voix féminine mais le garçon ne voyait

pas son visage. Je n'ai que très peu de temps devant-moi. Ecoute-moi attentivement, dit la voix pressée de la femme. Lors du quinzième anniversaire du garçon tu devras lui remettre ceci, continua-t-elle en lui tendant le bâton. Et révèle-lui la vérité, plus tôt il la saura et mieux ce sera.

— La vérité sur quoi ?

— Sur sa mère, Caelia était une intemporelle. Le sang d'Edwin est mêlé, une telle chose ne s'est jamais produite, dit-elle avec aplomb. Les deux peuples comptent sur ce garçon, George, il est le seul, le seul être capable de nous offrir cette paix tant rêvée.

La vision s'arrêta là et lorsque le jeune homme revint à lui, il constata avec horreur que depuis tout ce temps le vieil homme lui avait menti. Edwin avait plus d'une fois montré des aptitudes similaires aux intemporels, par exemple lorsqu'il avait froid le feu de la cheminée augmentait, parfois c'était la bougie située en face de son lit qui s'éteignait d'un simple courant d'air, il arrivait même que lorsqu'il touchait des fleurs prêtes à éclore, elles s'ouvraient immédiatement. Bien évidemment, il en avait parlé à Monsieur Ilfried mais ce dernier avait nié avec la plus grande conviction en lui affirmant qu'une telle chose était impossible parce que ses parents n'avaient pas de gènes intemporels. Pendant tout ce temps, Edwin avait pensé devenir fou mais finalement c'est lui qui avait raison et le vieil homme lui avait délibérément menti. Il se sentait trahi et déçu.

— Vous m'avez menti ! accusa-t-il avec une colère contenue.

Le vieil homme était triste devant le reproche, légitime du jeune homme. Oui, il savait cela depuis le début. Mais il avait eu peur, peur qu'en lui révélant la vérité , il parte. Edwin aurait certainement voulu rejoindre l'un de ces villages sous-terrain pour apprendre avec les intemporels. George ne voulait pas voir le garçon partir, c'était égoïste certes, mais le garçon représentait sa seule famille.

— Je voulais te dire la vérité mais…

— Mais quoi ? hurla le jeune homme.

— Edwin attend, dit le vieil homme alors que le garçon partait.

— NON ! J'ai assez attendu, dit-il en rentrant dans la maison par la porte arrière.

Il était tellement en colère, tellement furieux contre l'homme, qu'il n'avait plus qu'une idée en tête c'était de partir, loin d'ici. Il prit quelques affaires en les rassemblant dans un linge, puis il descendit à toute allure l'escalier en bois qui grinçait à chacun de ses pas. Monsieur Ilfried attendait en bas, il avait enlevé son chapeau de paille qu'il tenait avec ses deux mains. Son teint était devenu livide en réalisant que le jeune homme était sur le départ.

— Je suis désolé mon garçon, dit le vieil homme alors qu'un voile humide se formait devant ses yeux, mais le jeune homme demeura insensible à sa tristesse.

— Cela n'a plus aucune importance dorénavant, dit-il en partant.

Edwin ne savait pas où il partait mais il devait s'en aller même si une voix intérieure lui hurlait de rester. Il était maintenant temps pour lui de découvrir le monde autrement que dans des livres ou à travers des paroles, il devait voir ça de ses propres yeux.

3

L'ETOILE POLAIRE

Cela faisait plusieurs jours que le jeune homme marchait en suivant l'étoile polaire, celle-ci le dirigeait au nord des terres de Lionnegard. La neige, qui avait commencé à tomber deux jours auparavant, recouvrait entièrement les terres et les forêts d'un épais manteau blanc. La route serait très certainement longue pour lui alors qu'il voulait se rendre au château de Lord Andrews, situé tout au nord. Monsieur Ilfried lui avait dit que le gouverneur du nord avait toujours été un fidèle ami de son grand-père, alors il espérait y trouver une certaine sécurité et des alliés prêts à le suivre dans sa quête contre Edgar. Edwin s'aperçut trop tard qu'il était suivi, à cause de la neige son chemin avait été marqué de ses pas.

Trois hommes étaient derrière lui, entièrement vêtus de noir portant des capuches et des masques d'os sur leur visage. Il n'y avait que les intemporels d'Edgar pour être vêtus de cette façon et ce n'était pas bon, vraiment pas bon pour Edwin qui cherchait déjà un moyen pour se sortir de ce guêpier.

— Le village des humains se trouve bien loin d'ici, que fais-tu tout seul au beau milieu de cette forêt morte ?

Edwin essayait de calmer les battements frénétiques de son cœur.

— Je me suis perdu avec la brume puis la nuit est tombée et j'ai marché afin de ne pas mourir de froid, répondit-il aussi calmement qu'il lui était possible de l'être au vu de la situation dans laquelle il se trouvait.

— D'où viens-tu gamin ? demanda l'un d'eux.

Celui-ci semblait beaucoup plus méfiant que les deux autres, il devait être le chef. Il fallait que le jeune homme soit crédible pour le convaincre de le laisser tranquille.

— Je viens d'une maison qui se situe un peu plus au sud, mon grand-père est décédé alors je suis parti.

M. Ilfried lui avait dit, un jour, que s'il voulait être crédible en inventant un mensonge, il fallait une part de vérité.

— Dans une maison un peu plus au sud, dit pensivement l'homme. C'est étrange, reprit-il en observant chaque trait du gamin. Comment t'appelles-tu ?

Edwin fut tellement pris de court qu'il en bégaya.

— P-Pierrick Manselin.

Edwin comprit en regardant l'homme que celui-ci n'était pas dupe à propos de ce qu'il lui racontait. L'homme s'empressa de tirer son bois au niveau de sa ceinture, tout comme les deux autres qui l'accompagnaient. Dans la panique le jeune homme sortit le bâton que Monsieur Ilfried lui avait donné le jour de son anniversaire. L'intemporel éclata de rire en voyant ce que le garçon avait dévoilé, les deux autres imbéciles le suivirent dans son hilarité.

Le cœur d'Edwin battait si fort qu'il était persuadé qu'il allait sortir de sa cage thoracique, c'était la première fois qu'il avait une confrontation avec quelqu'un d'autre que le vieil homme. Etrangement, le petit morceau de bois qu'il tenait dans sa main le faisait se sentir fort, comme si une puissance magnétique se diffusait à travers lui. La puissance fut telle qu'elle se propagea dans le bâton qu'il tenait et quelque chose d'inexplicable se produisit. L'écorce se fissurait et son bois s's'agrandissait et s'élargissait démesurément, faisant cesser le rire des trois hommes.

— Tu n'es pas de taille face à nous morveux, s'exclama le chef de sa voix particulièrement grave et menaçante.

Le jeune homme faisait un mouvement ample avec son morceau de bois pour faire reculer l'homme, puis il prit une position de défense en regardant l'homme sans ciller.

— Vraiment ? demanda-t-il avec provocation.

L'intemporel était particulièrement surpris de la témérité du gosse et pensait qu'il ferait une bonne recrue dans les rangs du roi Edgar. Il fit un signe de tête à ses deux hommes derrière le gamin, pour qu'ils le saisissent. Mais Edwin n'avait aucune intention de se laisser faire. C'était l'occasion idéale pour se tester après s'être entraîné pendant des années avec Monsieur Ilfried. Le choc des deux morceaux de bois fut si fort que plusieurs corbeaux quittèrent les arbres en croassant pour s'envoler dans le ciel blanc. Il reproduisit les mouvements que George Ilfried lui avait fait répéter maintes et maintes fois. Sa surprise fut grande lorsqu'un puissant souffle venu de son bois propulsa l'intemporel quelques mètres plus loin, la tête la première dans la neige, les fesses en l'air. Il aurait certainement éclaté de rire s'il n'avait pas été autant surpris et que l'homme ne s'était pas relevé avec cet air aussi furieux.

— Assez joué, dit l'intemporel sombrement en faisant craquer son cou.

Il avançait vers le garçon d'un pas ferme en faisant tournoyer son grand bois d'une main, son regard noir dirigé vers Edwin. Il l'attaqua directement, sa maîtrise des éléments étant plus avancée et ses entrainements plus complets que ceux du jeune homme, il n'eut aucun mal à le faire chuter. Ses quatre membres furent entravés par l'intemporel qui exerça une pression sur les couches de neige qui recouvraient ses bras et ses jambes.

— Qui es-tu ? demanda l'homme encore une fois.

— Vos capacités cérébrales ne doivent pas être très élevées pour comprendre que je vous aie déjà donné mon nom ou peut-être est-ce votre mémoire qui est déficiente ? cracha Edwin, sarcastique.

— Oooh, souffla l'un des deux autres intemporels en plaçant un main sur sa bouche et secouant l'autre légèrement.

— Espèce de sale morveux répugnant, tu vas mourir !

Ce qu'ils ne savaient pas c'était que pendant leur combat, quelque chose s'était rapproché d'eux. Caché par la neige un énorme animal blanc bondit sur le dos de l'intemporel le tuant d'un coup de croc. Sous le choc, les deux autres tombèrent sur les fesses mais ils se relevèrent bien vite pour s'enfuir en courant et criant comme des fillettes. Edwin qui avait senti la pression de la neige se relâcher au moment même où l'homme avait été tué, avait donc pu reculer à l'aide de ses mains. Lorsqu'il constata que le lion ne semblait pas être intéressé par lui, il se releva prestement et partit dans une marche rapide avant de s'enfuir en courant. Pensant être à bonne distance, loin du lion, le jeune roi voulut reprendre son souffle en s'appuyant contre un arbre. Mais au lieu de cela, il sentit son esprit être aspiré à l'intérieur du tronc d'arbre et transporté dans un lieu assez étroit et noir. C'était encore le phénomène du fameux « toucher du passé ».

Edwin ne ressentait pas une ambiance négative, il faisait bon dans cet endroit bien qu'il n'y voyait rien. Soudain, il entendit un craquement avant de voir une ouverture se former et la lumière du jour pénétrer dans cet espace sombre. Le jeune homme papillonna des yeux alors que le passage laissait entrer pleinement la lumière.

Il sortit à l'extérieur, la neige craquelant sous ses pieds. Alors qu'il se retournait, le garçon s'aperçut qu'il avait été à l'intérieur d'un tronc d'arbre. Pas celui qu'il avait touché, non celui-ci était différent de tous les autres, bien plus grand et bien plus gros. Le passage se formait grâce aux écorces qui se replièrent sur elles-mêmes. Et aussi soudainement qu'il était parvenu jusqu'ici, il fut de nouveau aspiré pour refaire le chemin inverse et reprendre conscience dans son corps.

En ouvrant les yeux, il poussa un cri fort peu masculin, en même temps que son cœur rata un battement. Le lion blanc, debout en face de lui le fixait sans bouger. Ressemblant tous les deux à des statues de glace, le félin se décida à faire demi-tour, lentement. Edwin n'arrivait pas à comprendre : pourquoi l'animal s'était donné du mal à le retrouver pour finalement le laisser vivant ? Bien que cette idée lui plaise. Le rugissement que poussa l'animal en se retournant avait fait sursauter le garçon.

— Q-quoi tu veux que je te suive ?

Voilà qu'il devenait fou. Il parlait à ce lion comme s'il pouvait le comprendre. Mais finalement, il le suivit parce que c'était bien ce que l'animal voulait. Le félin conduisit le jeune homme jusqu'à sa tanière. Un passage très étroit, à moitié recouvert par la neige, donnait l'accès à l'intérieur d'une grotte. Edwin ne savait pas si c'était une bonne idée de rentrer mais il le fit quand même. La nuit commençait à tomber, tout comme les températures et il ne tenait pas particulièrement à mourir de froid non plus.

Edwin dut ramper pour pouvoir rentrer, une fois à l'intérieur ce n'était guère plus grand, la tanière était très basse et étroite. Allongé, le jeune homme ne pouvait pas se lever, ni bouger avec aise. C'était juste pour y passer la nuit, pensait le garçon en espérant qu'il ne serait pas le petit-déjeuner du lion. En voyant que l'animal ne semblait pas particulièrement s'intéresser à lui, le jeune homme se détendit et put enfin réfléchir à tout ce qu'il s'était passé depuis sa rencontre avec les intemporels. D'abord son bâton qui s'était subitement agrandi sans qu'il en comprenne la raison, en y pensant le jeune homme cherchait à le soustraire de sa ceinture, bousculant légèrement le lion. Il le plaça au-dessus du corps de l'animal pour pouvoir l'observer à la lumière. Le bois n'avait plus l'écorce verdâtre, comme lorsque Monsieur Ilfried lui avait offert. A la place il avait une belle teinte de couleur noisette et avec un dessin sculpté tout autour. Celui-ci représentait deux arbres, l'un en face de l'autre, séparés par la marque des intemporels. Le jeune homme ne savait pas ce que cela signifiait et si vraiment cela avait un sens mais il avait finalement compris que ce morceau de bois, n'était pas aussi banal qu'il en avait l'air. Tout comme les intemporels, ce bois était son arme, c'était à lui.

M. Ilfried savait déjà tout cela, Edwin comprenait maintenant la raison pour laquelle le vieil homme lui avait appris certains mouvements avec le grand bâton. Tout cela avait toujours été un entraînement pour que le moment venu, lorsqu'il hériterait de son bois, Edwin sache s'en servir. Le vieil homme manquait au garçon, c'est vrai qu'il lui avait menti mais, à côté de cela, il avait toujours été là pour lui. George lui avait appris tant de choses et pour cela le jeune homme lui en serait éternellement reconnaissant et il ne faisait aucun doute que si Monsieur Ilfried n'avait pas été là, il serait déjà mort. Mais le jeune homme ne pouvait se résoudre à y retourner, il devait se faire sa propre expérience, apprendre des choses que même l'homme âgé ne connaissait pas. Ses pensées dérivèrent ensuite sur sa vision, l'arbre qu'il avait vu lui montrait un passage qui – selon son intuition – se situait non loin d'ici. Il s'endormit sans vraiment s'en rendre compte alors qu'une nouvelle vision assaillait son esprit.

Lord Layan était debout devant le chevalier Galaad, à moitié allongé contre un arbre avec Edwin qu'il tenait contre lui d'une main, et de l'autre une gourde, certainement remplie d'alcool. Isaac avait dû sentir sa présence puisqu'il avait fini par se réveiller. Ezékiel Layan le regardait d'un air méprisant et il se retenait, avec peine, de lui envoyer une remarque acide.

— Maintenant que vous vous êtes réhydraté, peut-être pourriez-vous reprendre la route ?
Isaac n'était pas le genre d'homme à se laisser faire par le chuchoteur malgré son manque évident de répartie. Il avait eu besoin de boire pour pouvoir chasser son désespoir après tout ce qu'il s'était passé ces derniers mois. La mort de la princesse avait été un coup dur pour lui.

— Peut-être que vous n'êtes pas capable d'avoir des sentiments et c'est sans doute ce qui vous rend si inhumain mais comprenez bien qu'il existe des personnes qui sont capables d'aimer, cracha l'homme qui se relevait avec l'enfant contre lui encore endormi.

— Cessez donc ce mélodrame. Elena Holking ne partageait pas vos sentiments, indiqua Ezékiel sans méchanceté.

— *Vous n'en savez rien !*

— *Non, c'est vous qui ne savez rien.*

— *Je sais qui vous êtes, qui vous êtes vraiment !* cracha le chevalier en fusillant son interlocuteur du regard.

— *Un intemporel, vous pouvez le dire. Ce n'est pas honni,* répondit l'homme impassible.

Dans son rêve, conscient qu'il s'agissait d'une vison, Edwin fut choqué d'apprendre cette nouvelle. Alors donc, le conseiller du roi Leander était un intemporel ? Il était persuadé que son grand-père ne l'avait jamais su.

— *Qu'est-ce qu'il y avait entre vous ?* demanda soudainement le Lord chevalier.

Isaac était jaloux. Il ne comprenait pas comment un homme tel que Layan avait pu obtenir toute la confiance de la jeune femme au point de cacher les origines de l'homme à son propre père, le roi. Lord Galaad était persuadé que si la princesse avait fait autant confiance à l'intemporel, c'était parce qu'il y avait un lien très étroit entre eux. L'autre homme paraissait surpris que le chevalier arrive à un tel raisonnement.

— *Rien de plus qu'une relation platonique, n'allez rien imaginer.*

— *Non, je sais qu'il y avait autre chose,* contesta Sir Galaad.

Ezékiel arqua un sourcil interrogateur.

— Je ne sais d'où votre esprit tordu a pu déduire de telles informations mais laissez-moi vous dire qu'il n'y a jamais rien eu entre la Princesse et moi. Comme vous l'avez si brillamment dit je suis un intemporel et elle était une humaine, ce genre de relation est proscrit dans mon royaume.

— Ce n'est pas ce qu'elle m'a laissé penser, répondit le chevalier amèrement.

— Faites-moi le plaisir de cesser de penser si c'est pour insinuer de telles inepties.

La seule personne qui empêchait le chevalier de sauter sur l'homme était Edwin, qu'il tenait contre lui, sinon il lui aurait bien fait tâter de son épée à cet imbécile d'intemporel, ce qu'il pouvait l'horripiler.

— Vous n'allez quand même pas me suivre ?

Le chevalier le fixait avec inquiétude alors que Lord Layan était, tout comme lui, remonté sur son cheval. La dernière chose qu'il souhaitait était de faire la route avec cet individu.

— Evidemment que je vais vous suivre. J'ai promis de placer le garçon en lieu sûr et de veiller sur lui puisque vous semblez de toute évidence ne pas être capable d'assumer cette tâche tout seul.

— Vous ne pouvez pas vous en empêcher, hein ?

— Plaît-il ?

— De répondre simplement à une question sans émettre de sous-entendus, c'est plus fort que vous n'est-ce pas ?

— *Vous concernant ? Ezékiel fit mine de réfléchir, je dirais que oui.*

4
UNE PROTECTION INATTENDUE

C'était l'air froid qui réveilla le jeune homme. Celui-ci s'aperçut que le lion était parti sans le manger, intérieurement il le remerciait pour ça et pour cette nuit bienfaitrice. C'était la première fois, depuis qu'il était parti de chez Monsieur Ilfried, qu'il avait aussi bien dormi. Bien évidemment cela aurait été mieux s'il n'avait pas eu cette vision. Il espérait qu'il pourrait parvenir à maîtriser ce don qui, il devait l'avouer avait une certaine utilité, mais qui pour l'instant, se révélait être dérangeant et fort désagréable. Finalement il était, lui aussi sorti. Heureux de constater que le ciel était bleu, il n'y avait pas l'ombre d'un nuage, bien évidemment il faisait toujours aussi froid mais c'était supportable. Alors qu'il commençait à avancer d'un pas franc, il se cacha vite dos à un tronc d'arbre en voyant qu'un peu plus loin deux hommes en capes noires regardaient les alentours.

— J'ai une main, J'AI UNE MAIN ! répéta un autre d'un ton enjoué galopant dans la neige en direction des deux autres, tenant à bout de bras ladite main.

Edwin penchait sa tête d'un côté pour regarder le petit groupe, il grimaça franchement en regardant le troisième homme. Il reconnut deux d'entre eux, c'était ceux qui s'en étaient pris à lui la veille, leur chef avait été tué par le lion, cela devait d'ailleurs être sa main.

— Crois-tu que nous allons pouvoir lui redonner vie en recollant les morceaux, espèce de sombre idiot ! entendit, Edwin. Dites-moi plutôt qui était le gamin ?

— Un intemporel, un certain Pierrick Manselin, répondit le moins idiot des deux.

— Et le lion, comment était-il ?

— Entièrement blanc avec des yeux bleus terrifiants.

Edwin ne vit pas que son pied écrasait une branche sous la neige, la pression exercée avait donc fini par la faire craquer. Etant donné le calme qui régnait dans cette forêt où personne ne semblait habiter, les intemporels avaient immédiatement tourné leur tête vers le jeune sang-mêlé. Leurs regards se croisèrent seulement pendant une seconde et aucun d'eux ne fit de mouvement avant que le plus idiot des trois hommes galope en direction du garçon. Il n'en fallait pas plus à Edwin pour s'élancer à toute allure dans la direction opposée. Avec son avance, il put prendre le temps de grimper à un arbre, il n'était pas sûr que cette fois-ci le lion serait là pour le sortir d'affaire.

— Cherchez-le, il n'a pas pu partir bien loin, murmura l'intemporel aux yeux noirs, il scrutait avec minutie chaque coin où le garçon était susceptible d'être caché.

— Petit, petit-petit, viens par ici, appela l'un des intemporels en penchant sa tête de droite à gauche. Cet homme lui faisait vraiment peur. Ses cheveux longs étaient grisonnants et très gras, sa barbe avait déjà quelques jours, sa peau était très sale et il lui manquait des morceaux de dent. Il semblait avoir un problème de dos puisqu'il se déplaçait en se penchant du côté droit.

— C'est le gamin qu'on cherche, pas le lion, crétin ! Dit son acolyte en passant près de lui, visiblement agacé par son idiotie.

Les yeux d'Edwin s'écarquillèrent en voyant que deux jeunes de son âge, en bas, avaient levé la tête et le fixaient. Doucement il leur fit signe de se taire. La fille détourna finalement ses yeux émeraude, elle avait de magnifiques cheveux longs roux qui descendaient en cascade jusqu'en bas de son dos quant au garçon à la peau chocolat, il hocha la tête avant de regarder de ses yeux noirs les intemporels qui arrivaient vers eux.

— Tiens, tiens, d'autres petits intemporels. Vous n'auriez pas vu un garçon de votre âge passer par hasard, votre ami peut-être?

Edwin priait intérieurement pour qu'ils ne disent rien.

— Non, nous n'avons rien vu, répondit sèchement le garçon.

— Vraiment ? Pourtant je sens que tu meurs d'envie de regarder dans la direction où tu as vu ce garçon partir, dit malicieusement l'homme.

— Laisse-mon fils tranquille, Aymeri.

Un homme sortit soudainement du tronc d'arbre derrière les deux jeunes intemporels. Cet intemporel était bien différent de tous les autres, son torse était recouvert de plumes noires qui luisaient sous les rayons du soleil et il possédait de grandes ailes qui partaient du haut de ses épaules pour aller jusqu'en bas de ses chevilles.

— Maïeul, salua l'intemporel en tapant dans ses mains.

Visiblement les deux intemporels se connaissaient mais ne semblaient pas vraiment s'apprécier au ton qu'ils employaient. Le père du garçon n'avait vraiment pas envie de faire la conversation avec l'autre, il était contrarié de les voir en ces lieux. Il connaissait Aymeri, tout le monde le connaissait puisqu'il était l'unique fils d'Edgar Smérold, et ce n'était jamais bon de le voir : peu de temps après sa présence dans un village, tout était détruit et les gens mouraient.

— Qu'est-ce que tu viens faire ici, Aymeri ? Demanda sèchement l'homme ailé.

— Ton fils refuse de me dire où se trouve le garçon que je recherche et j'ai horreur du mensonge, dit-il d'une voix soudainement mauvaise.

Maïeul ricana.

— Toi et ton père n'avez pourtant eu aucun scrupule à mentir aux humains sur son soi-disant titre, roi des intemporels, tu parles. S'ils savaient que ton père n'était même pas notre roi et que les terres d'Otulas n'étaient même pas à lui.

— IL SUFFIT, hurla Aymeri au comble de l'humiliation en jetant un coup d'œil autour de lui. Les humains sont bien trop idiots contrairement à moi qui ne marche pas face aux affirmations de ton fils.

— Puisque je vous dis que je n'ai vu personne, répliqua véhément le garçon.
Cette réponse énerva l'intemporel qui jusqu'alors, essayait de garder son calme, mais sa patience avait des limites et elles avaient été atteintes.

— Tu mens ! s'écria le fils d'Edgar en se saisissant de son bois pour s'en prendre au garçon. Mais les réflexes de Maïeul étaient plus rapides et ce fut Aymeri qui se retrouva menacé, le grand bâton pointu touchait l'emplacement de son cœur.

— Pars avant que mon envie de te tuer soit trop forte, murmura-t-il d'une voix menaçante.

Le fils d'Edgar ainsi que les deux autres étaient encerclés par bon nombre d'intemporels qui étaient tous prêts à se battre. Aymeri était bien conscient qu'engager un combat contre eux était perdu d'avance, et cela l'énervait au plus haut point.

— Je reviendrai, souffla-t-il dans l'oreille de son interlocuteur. Très vite, poursuivit-il en souriant malicieusement.

Prestement, il s'écarta de l'homme-oiseau. En conservant son regard sur lui, il posa sa main à plat, sur le tronc d'un arbre quelconque. Aussitôt, l'intemporel disparut comme aspiré à l'intérieur de l'arbre, surprenant Edwin.

— Allons, rentrons à présent, dit le père du garçon en emportant les deux jeunes.

Edwin ne disait pas un mot, il les regarda partir en reprenant son souffle qu'il n'avait même pas eu conscience d'avoir retenu tout ce temps. Lorsqu'il descendit de l'arbre, la voix du garçon stoppa ses mouvements.

— Qui es-tu ?

Edwin se retourna.

— Tu pourrais avoir des ennuis, si je te le disais.

— Ces intemporels, dit le garçon en faisant un signe de tête. Qu'est-ce qu'ils te voulaient ?

— Me tuer, je suppose.

— Pourquoi ?

— Je ne suis pas sûr qu'ils aient vraiment besoin d'une raison, répondit Edwin.

— Je ne t'ai jamais vu ici, d'où viens-tu ?

— D'un peu plus au sud et avant que tu demandes je vais vers le nord, répondit-il en anticipant déjà la prochaine question du garçon.

— Pourquoi es-tu parti de chez toi ?

— Je devais le faire à un moment.

— Les intemporels ne font jamais route tout seuls, contra l'intemporel en regardant suspicieusement l'autre garçon.

— C'est que je ne dois pas être complètement un intemporel alors, dit-il en souriant avant de reprendre sérieusement. Merci pour ne pas leur avoir dit où j'étais.

Le garçon hocha la tête. Edwin s'apprêtait à repartir mais de nouveau la voix du garçon s'éleva dans l'air.

— Tu veux venir ?

Le jeune roi le regardait, hésitant. Était-ce réellement une bonne idée ? S'il découvrait qui il était vraiment, cela pourrait les mettre en danger, le mettre en danger.

— Ils ne vont certainement pas revenir, dit le garçon en répondant à ses inquiétudes.

— Très bien, dit-il en avançant vers lui.

— Moi c'est Aaron. Aaron Lovenro, dit-il en lui tendant la main.

— Appelle-moi Ed, répondit-il en lui serrant.

Les Passarbres étaient une variété d'arbres à la surface de la terre, appelés ainsi par les intemporels. Facilement différenciables des autres à cause de leur grandeur et de leur extrême largeur, ils étaient le passage qui permettait aux intemporels d'atteindre leur village, sous la surface de la terre. Edwin ne fut donc pas étonné d'être invité à rentrer à l'intérieur du tronc, il fut seulement surpris d'y trouver un escalier, en bois. Les intemporels étaient capables de choses tellement stupéfiantes qu'il était plutôt surprenant qu'ils accèdent à leur village d'une manière aussi simple que celle-ci. Une fois les deux garçons engouffrés à l'intérieur du tronc, les écorces du Passarbres s'étaient reformées pour boucher l'entrée. L'escalier en colimaçon était plutôt étroit et sombre, les lucioles n'éclairaient les deux garçons que très légèrement mais cela ne dura guère puisqu'ils étaient parvenus rapidement en bas. Le long couloir terreux était illuminé par des torches accrochées de chaque côté du mur. En suivant Aaron, à travers les allées désertes, les cheveux d'Edwin furent touchés par des racines qui pendaient en plein milieu du plafond. Il s'empressa donc de passer une main dans ses cheveux comme pour enlever la saleté inexistante, oui, il était assez maniaque avec ses cheveux. De passage en passage et descendant toujours un peu plus bas, Edwin assista finalement à un spectacle qu'il n'aurait jamais cru voir de sa vie. Le village dans lequel vivaient les intemporels était encore plus beau que tout ce qu'il avait pu imaginer, c'était encore plus impressionnant, plus extraordinaire. Il n'en revenait pas. Il y avait d'immenses champignons phosphorescents éclairant beaucoup plus que les lucioles qui vivotaient à proximité des grandes bougies. Le plafond n'était pas très haut mais assez pour que personne ne baisse la tête, même les plus grandes créatures pouvaient marcher librement et il y en avait de toutes sortes : des minces, des poilues, certaines vraiment imposantes, d'autres effrayantes et puis il y en avait des plus petites et là encore de différentes espèces. Avec elles, les intemporels étaient en grand nombre et parcouraient, comme elles, les différents stands dressés aux entrées d'alcôves.

— Notre marché n'est pas très grand mais on y trouve à peu près tout ce dont nous avons besoin, indiqua l'intemporel.

Edwin était médusé par ses paroles, il ne trouvait vraiment pas cela « pas très grand » et il était vraiment curieux de savoir ce que « grand » pouvait signifier pour le garçon.

— Tu viens ? demanda Aaron en se retournant.

— Oh oui, répondit Edwin en sortant de ses pensées.

— On dirait que tu n'as jamais vu ça, rigola Aaron

Edwin grimaça face à la remarque.

— C'est parce que c'est le cas, avoua-t-il dans un murmure. J'ai grandi de manière humaine avec un humain, continua-t-il mal à l'aise.

Le métis s'arrêta net, en le regardant choqué.

— Quoi ? Tu veux dire que tu n'as jamais été dans un village intemporel ?!

Lorsqu'Edwin fit signe que non, Aaron écarquilla encore plus ses yeux et allait parler mais le jeune homme lui coupa l'herbe sous le pied.

— C'est compliqué…moins tu en sais et mieux c'est, crois-moi, trancha Edwin.

— Tu sais utiliser tes facultés au moins ? Par tous les dieux, murmura le jeune homme alors qu'Edwin regardait partout sauf dans sa direction, mais tu dois être complètement perdu, alors ?

Aaron était vraiment intrigué par le garçon en face de lui et il était vraiment curieux de connaître son identité. Il devait sans doute avoir une très grande importance pour Edgar Smérold, étant donné que son fils s'était lui-même déplacé pour venir le chercher.

— Je dois avouer qu'il y a quelque chose qui m'échappe, admit Edwin et c'était un euphémisme. D'abord ton père : est-ce un intemporel ou bien une créature ? Et ce Aymeri a littéralement disparu sous mes yeux, je cherche encore à savoir comment ?

— Viens, dit Aaron en essayant de se frayer un chemin à travers les intemporels et les différentes créatures vu qu' il y avait toujours beaucoup de monde au marché. Mon père est un thérianthrope mi-homme mi-oiseau, ce que…Pardon, s'empressa de dire le garçon qui avait bousculé un gnome. Très vilaine créature que les gnomes, ils étaient toujours de mauvaise humeur et n'acceptaient de discuter que si c'était pour parler de trésors.

— Ce que je suis censé devenir aussi, reprit-il alors qu'ils étaient parvenus à sortir de la cohue du marché.

— Waouh, siffla Edwin.

Devant lui, une vaste grotte abritait un lac à l'eau couleur azur, beaucoup d'enfants jouaient devant, une petite fille courait pendant que deux autres garçons la poursuivaient en l'éclaboussant. Pas très loin d'eux, juste à côté du lac se dressait une forêt et c'était une chose absolument magnifique de voir cela pour Edwin. À la surface les arbres n'avaient plus de feuilles, les plantes étaient recouvertes par une grosse quantité de neige et les fleurs demeuraient inexistantes mais ici-bas tout était feuillu et fleuri comme s'il était en plein printemps, il y avait des papillons, des abeilles et toutes sortes d'insectes qu'il était impossible de trouver à cette période de l'année à la surface de la terre.

— Quant à Aymeri, qui est par ailleurs le fils d'Edgar Smérold, il s'est simplement déplacé en utilisant les différentes racines présentes dans le sol. Dans notre monde nous appelons ça de la terraportation, malheureusement nous ne pouvons utiliser ce mode de transport qu'à partir de nos seize ans, c'est l'âge auquel nous apprenons les maîtrises les plus complexes. Ed, voici Alyssa Lane et voilà Ed, présenta-t-il rapidement en s'asseyant à côté de la jeune fille.

— Ed, ce n'est pas un prénom de gnome, ça ?
demanda-t-elle perplexe.

— Il ne veut pas dire son véritable prénom,
indiqua Aaron

Les deux intemporels avaient autant de questions
à poser à Edwin sur les secrets qu'il était déterminé
à cacher, que lui avait de questions sur l'endroit qui
l'entourait. Il regrettait que Monsieur Ilfried ne soit
pas là pour voir cela, l'homme avait de nombreuses
fois souhaité pouvoir accéder à un de ses villages,
au moins une fois dans sa vie. Peut-être qu'un jour,
il pourrait l'emmener.

5

LE CERCLE DES HUIT

Aaron ne l'avait pas laissé quitter le village en sachant qu'il avait nulle part où aller, il l'avait invité chez lui. Leur habitation se trouvait dans une autre partie des souterrains, creusée directement dans la pierre, il y avait des portes d'entrée en bois et des fenêtres, comme les maisons traditionnelles situées à la surface. D'un point de vue extérieur c'était très différent des constructions humaines, les différentes pièces se situaient sur plusieurs étages et chaque habitation était collée l'une à l'autre mais d'un point de vue intérieur ce n'était pas très différent de chez Monsieur Ilfried, c'était seulement un autre style.

Chez la famille Lovenro, il y avait plusieurs tapis de couleur ambrée qui parcouraient les sols pierreux, les rendant beaucoup moins froids et sur les murs, il y avait de nombreux portraits, représentant la famille d'Aaron. Toutes sortes de bibelots disposés un peu partout, il y avait une table, des chaises, des fauteuils, rien d'étrange en soi. C'était ici qu'ils vivaient : Aaron, sa sœur Aimie, ses parents et Alyssa qu'ils avaient recueillie à la perte de ses parents lorsqu'elle était encore une petite fille.

— Pourquoi est-ce que tu as dit que les intemporels ne faisaient jamais route tout seuls ?

Edwin demanda cela en regardant les portraits accrochés au mur, les mains derrière le dos.

— Quel que soit le problème, quel que soit le danger, jamais un intemporel ne se retrouve à marcher seul face à ce qu'il l'attend c'est comme ça dans notre peuple.

Le jeune roi était admiratif de la loyauté entre eux, ils étaient unis et c'était quelque chose d'important, encore plus en temps de guerre. Alors que la porte d'entrée s'ouvrit pour laisser entrer Maïeul et Iraïs, les parents d'Aaron, quelqu'un descendait très vite les escaliers.

— Père ! S'exclama une voix féminine

C'était Aimie. La sœur jumelle d'Aaron, elle était aussi grande que lui seulement un peu plus fine, avec de longs cheveux tressés, elle regardait son père de ses yeux noisette.

— Demain, nous voudrions avec Laïa et Alyssa choisir une tenue pour le bal, vous voulez bien ?

Maïeul soupira de lassitude. Cela faisait des semaines que sa fille lui parlait de ce bal, c'était les plus jeunes qui l'organisaient et c'était la première fois que les filles allaient y aller avec Aaron.

— Tu as demandé à ta mère ?

— Oui, elle l'a fait et je lui ai dit de te demander, répondit Irais en regardant son mari.

Aimie ne quittait pas son père des yeux, ses poings étaient serrés et un sourire commençait à fleurir sur ses lèvres, anticipant la réponse de son père.

— Très bien, c'est d'accord, céda-t-il en levant les yeux au ciel.

— Oui ! s'écria-t-elle en sautant en l'air avant de le serrer dans ses bras pour le remercier.

— Mais Aaron vient avec vous, posa-t-il comme condition.

— QUOI ? Les deux voix des jumeaux retentirent.

Maïeul tourna sa tête, amusé, pour regarder son fils qui affichait la sienne de manière désespérée. Le garçon était sûr d'y passer toute la journée et peut-être même la nuit en connaissant les deux filles, elles raffolaient des robes en tout genre. C'était une véritable torture que de lui imposer cela.

— Bonjour, dit Edwin alors que tous les regards se posèrent dorénavant sur lui.

— Bonjour mon garçon. Dis-moi je ne t'ai jamais vu ici, tu es… demanda Iraïs

— Ed, juste Ed, répondit-il

— Il a peur que nous ayons des problèmes si nous venions à connaître sa véritable identité, expliqua Aaron.

Maïeul regardait étrangement le jeune homme, comprenant quelque chose.

— Tu es ce garçon qu'Aymeri Smérold recherchait ?

Edwin hocha la tête.

— Et d'où viens-tu l'inconnu ? demanda Aimie

— Du sud.

La jeune fille était plutôt surprise de sa réponse, tout comme leur père qui commençait à froncer les sourcils, n'améliorant pas la gêne d'Edwin.

— Du sud ? Mais il n'y a plus de village par là-bas, à moins que tu viennes du château royal.

— Non, je viens d'une maison perdue dans une forêt, isolée de tout le monde, située à quelques jours d'ici, expliqua-t-il avec une certaine lassitude. J'ai été élevé par un humain et… Je vous prie de me croire lorsque je vous dis que c'est mieux pour vous que vous n'en sachiez pas plus à mon sujet, dit-il en les suppliant du regard.

— Bien dans ce cas nous ne te poserons plus de questions, dit l'homme avec un sourire rassurant.

— Allez, venez plutôt manger, dit Iraïs, la femme de Maïeul.

Elle posa ses grands plats sur la table alors que tout le monde prenait place, délaissant les questions sur le garçon, le sujet s'orientait rapidement sur Edgar Smérold. Cet homme qui s'était octroyé le royaume de Lionnegard sans aucune légitimité et qui surtout, voulait se venger de son frère Arthémo Smérold. Tout le monde savait que les deux frères s'étaient combattus étant jeunes, lorsque leur père était décédé et que Arthémo avait pris le pouvoir sur le royaume d'Otulas. Edgar avait, semble-t-il, pensé qu'il pourrait influencer son frère sur la manière dont il devait gérer le royaume. Lorsqu'il s'était aperçu qu'il n'y parviendrait pas, Arthémo n'ayant pas du tout la même conception du monde que son frère, Edgar avait tenté de le tuer pour accéder à la succession du trône. Mis en défaite lors de leur combat, Arthémo avait banni son propre frère de son royaume. Edgar en exil, était alors arrivé dans une contrée éloignée sur les terres de Lionnegard. Pendant des années il avait mis en place son plan pour prendre possession du trône de Lionnegard, cela lui avait demandé beaucoup de temps pour rassembler des partisans.

— Pourquoi le roi Arthémo n'a rien fait pour arrêter son frère sur les terres de Lionnegard ?

— Arthémo a vieilli depuis cette époque et même s'il est puissant, Edgar l'est encore plus à cause de toutes ses créatures et son armée qui est prête à faire tout ce que nous, nous ne ferons pas, répondit Aaron.

Edgar Smérold n'avait aucune limite, tuer des êtres vivants, ravager des forêts, incendier des villages ne lui posait aucun problème, il était prêt à mentir, manipuler, faire chanter et utiliser tout ce qu'il pouvait pour obtenir tout ce qu'il voulait.

— Il doit bien y avoir une solution pour le vaincre, non ?

Edwin était quelque peu tracassé parce que même si les intemporels n'étaient pas capables de mettre Edgar Smérold hors d'état de nuire, comment lui un gamin de quinze ans, qui venait d'apprendre qu'il était un sang-mêlé, allait pouvoir reprendre ses terres et instaurer la paix.

— La seule solution serait que les peuples s'allient mais il sait parfaitement que cela ne se produira pas, déclara Aimie.

— Pourquoi ça ?

— Peut-être ne le sais-tu pas mais les anciens ont émis un oracle, répondit doucement Iraïs. Nous les appelons le cercle des huit, ce sont les premiers intemporels ayant existé et parmi eux, il y avait un visionnaire.

Edwin était perdu.

— Un visionnaire est un intemporel qui peut voir l'avenir très lointain, expliqua Aaron en voyant le malaise du jeune homme.

Le fils d'Yvain hocha la tête pour le remercier.

— Ramis, le visionnaire, avait déjà prévu la guerre entre les deux peuples, c'était évident, comment deux peuples aussi différents pourraient se comprendre ? Mais là n'était pas le souci, continua-t-elle. Il a alors vu que la guerre allait prendre un tournant plus radical avec l'ascension d'Edgar au pouvoir. On raconte qu'il a vu des choses terribles, la mort de toutes créatures, de la faune, de la flore, l'extinction des êtres humains et l'asservissement de tous les intemporels lui résistant.

— D'accord, effectivement. Mais il y a quand même bien une solution pour empêcher ça, n'est-ce pas ? s'inquiéta soudainement le jeune roi.

— Le cercle des huit a parlé d'un garçon qui pourrait rétablir la paix, je crois que les paroles exactes étaient :

« Un garçon au sang mélangé
Né d'une famille dorée
Rugira sur les armées
Tous marcheront à ses côtés
Etendard levé »

— Il parlait du petit-fils de Leander Holking, mais celui-ci est mort le soir où Edgar a pris d'assaut le château royal. Alors il n'y a plus aucun espoir, se désola Aimie.

Edwin haussa ses sourcils, surpris tout d'abord puis pris d'une envie nerveuse de rire, il ne croyait tout de même pas que cette prophétie parlait de lui quand même ?

— Comment pouvez-vous être sûrs qu'il s'agissait de lui ?

— « Une famille dorée » ce sont forcément les Holking. « Le sang mélangé » veut dire sang-mêlé, Yvain Holking était un humain mais Caelia était une intemporelle, elle vivait dans notre ancien village avant d'épouser le prince, expliqua Aaron.

— Vraiment ? demanda Edwin, vraiment surpris d'apprendre une telle chose.

— Oui, affirma le garçon. Quant à « rugir » tout le monde sait que les Holking étaient rattachés au lion alors il ne pouvait que s'agir de lui, continua-t-il.

Maïeul observait discrètement les réactions du jeune homme, il ressentait comme un lien étrange avec le garçon.

— Et comment savez-vous qu'il est mort ?

— Edgar s'est vanté de l'avoir tué. Il était tellement heureux de se moquer de l'oracle des anciens, lui ne croyait pas à tout cela, le cercle des huit, le visionnaire, pour lui il ne s'agissait que de futilité.

Edwin ne pouvait pas croire qu'un peuple aussi intelligent que les intemporels avait pu croire Edgar Smérold sur ses simples paroles, surtout en connaissant l'homme qu'il était, à savoir un menteur.

— Mais vous ne vous êtes jamais dit qu'il ne l'avait peut-être pas tué et qu'il avait dit ça seulement pour vous décourager et vous enlever tout espoir de le vaincre ?

— Nous avions tous des doutes au début mais comme personne n'a jamais eu de preuve du contraire, nous avons tous fini par le croire.

Le jeune homme hocha la tête, il comprenait maintenant et, en se mettant à leur place, il aurait sans doute pensé la même chose. Cette prophétie et l'importance que lui portaient les intemporels allait jouer en sa faveur vis à vis de ce peuple. Ce qui s'annonçait bien plus compliqué c'était de convaincre le peuple humain. Et, il n'était pas vraiment sûr qu'étant de sang-mêlé, ils allaient l'accepter.

6

L'ATTAQUE ENNEMIE

Edwin avait été invité à passer la nuit chez la famille Lovenro et à l'aube il était parti, laissant seulement un parchemin sur la table pour les remercier de leur hospitalité et aussi pour leur avouer la vérité, sur lui. Il leur devait au moins ça, le jeune homme aurait très bien pu rester mais il avait pour objectif de rejoindre le nord, il devait convaincre Lord Andrews et tous les autres hommes de s'allier avec les intemporels pour vivre enfin, dans un climat de paix. Alors il était parti, bien qu'il ait rencontré quelques difficultés pour sortir de cet endroit, il s'était perdu plusieurs fois avant de retrouver finalement la sortie après une dizaine de minutes. Il appréciait de sentir l'air froid glisser sur son visage ainsi que de sentir ses pieds s'enfoncer dans la neige la faisant craqueler à chacun de ses pas, il adorait cela. L'hiver était sa saison préférée, il avait l'impression qu'à cette époque de l'année, le temps était considérablement ralenti, presque arrêté. Le froid rendait l'atmosphère silencieuse, calme et reposante pour le jeune homme.

Il ne pensait pas assister à quelque chose d'aussi affreux en continuant sa route vers le nord. Le silence apaisant de l'hiver fut perturbé par des cris effroyables, des gens étaient étendus dans la neige qui avait par certains endroits, une teinte rouge. Devant lui, une maison était dévorée par les flammes, les vitres avaient explosé sous la chaleur et le premier étage venait de s'effondrer faisant reculer Edwin de plusieurs pas. Celui-ci se protégeait de ses bras des éventuelles projectiles.

En jetant un coup d'œil circulaire au village, il constata avec effroi que toutes les maisons étaient dans le même état, des gens couraient dans tous les sens, certains étaient littéralement en feu et se roulaient dans la neige pour l'éteindre.

— FUYEZ, FUYEZ ! hurla un homme qui passait devant Edwin en courant, le visage en sang. Alors qu'Edwin continuait à le regarder partir, choqué d'assister à un spectacle aussi effroyable, il essayait de comprendre ce qui se passait. Ce ne fut guère très long à déchiffrer lorsque son regard se posa sur plusieurs hommes encapuchés avec ce fameux masque d'os sur leur visage : les hommes d'Edgar étaient responsables de tout ce massacre

Son sang ne fit qu'un tour. Repartant de là où il venait en courant aussi vite que ses jambes le lui permettaient, le jeune homme avait failli tomber plusieurs fois, la neige ne l'aidant pas. Sa vision était tel un tunnel, focalisé sur ce qu'il y avait devant lui, le reste paraissait flou sur les côtés. Arrivé près du passarbre, il plaqua sa main contre le tronc en priant intérieurement que le passage s'ouvre pour lui, il le fallait. Ses prières furent exaucées, il s'engouffra dans la brèche sans attendre qu'elle ne s'ouvre complètement puis dévala les escaliers et courut jusqu'à chez Aaron. Il entra sans même frapper manquant presque de s'étaler au sol, devant l'entrée.

— Edwin mais…

Toute la famille était réveillée et lisait, côté à côte, le parchemin qu'il leur avait laissé, l'heure n'était pas aux explications.

— Vous devez tous partir ! Aymeri Smérold est revenu avec beaucoup d'hommes, vraiment beaucoup. Ils ont attaqué le village des humains, dit-il précipitamment, essoufflé par sa course.

Maïeul blêmit, il n'avait vraiment pas cru qu'Aymeri reviendrait à moins d'avoir une bonne raison et Edwin en était une semblait-il. L'homme devait faire évacuer le village de toute urgence et Edwin devait partir, pour être mis à l'abri le plus rapidement possible.

— Combien d'intemporels as-tu vu ? demanda-t-il en saisissant les épaules du garçon.

— Cinquante, cent, je ne sais pas, avoua-t-il

— Bien, je vais préve…

Maïeul n'eut pas fini sa phrase qu'un puissant tremblement de terre se fit ressentir dans tout le village, il ne faisait aucun doute qu'Aymeri n'aurait aucun scrupule à tous les enterrer vivants.

— Iraïs, terraporte les enfants au palais du roi. Moi je vais prévenir les autres, dit-il en quittant la maison.

Edwin voulait aider. Si les intemporels était revenus c'était en partie de sa faute et le père d'Aaron ne pourrait jamais prévenir tout le monde, tout seul. Lancé à sa poursuite, le jeune homme prévenait chaque créature et chaque individu qu'il croisait pour leur sommer de quitter les lieux. Inconscient qu'Alyssa le suivait pour l'aider et qu'Aaron était rentré de force dans toutes les habitations pour réveiller tous ceux qui n'auraient pas encore entendu le vacarme. En peu de temps ce fut la panique dans le village, les intemporels en cape noire avaient réussi à s'y engouffrer, créant le chaos. Les gens du village attrapaient à la volée des racines qui dépassaient pour se terraporter, les créatures avaient déjà fui à la surface de la terre, courant dans tous les sens, il n'y avait de toute façon plus d'humains pour les voir.

— Edwin, s'écria Alyssa en attrapant son bras. Par ici, dit-elle en l'entrainant vers la sortie la plus proche, Aaron les suivant de près.

Maintenant le trio devait fuir avant de se retrouver piégé. À peine étaient-ils sortis du passage, qu'immédiatement les hommes d'Edgar s'étaient lancés à leur poursuite, en détruisant absolument tout ce qu'il y avait sur leur passage. Plantes, fleurs, arbres, tout y passait. Mais la course poursuite fut brusquement suspendue lorsque le trio était arrivé au bord de la falaise. Il y avait en bas, un fleuve qui amortirait sans conteste leur chute s'ils sautaient mais le courant était très fort et l'eau devait être gelée, les chances de survie n'étaient pas assurées. Edwin avait échangé un coup d'œil avec les deux autres intemporels, décidant muettement s'il devait sauter ou pas.

— Vous n'avez pas à me suivre, ce n'est pas après vous qu'ils courent, dit-il alors qu'il ne voulait pas les impliquer dans ses ennuis.

— Un intemporel ne fait jamais route tout seul, contra Alyssa en souriant.

— À trois, s'écria Aaron. Un, deux, trois !

Les capes noires arrivèrent précipitamment à l'endroit même où s'était tenu quelques instants auparavant le trio d'amis. Mais l'endroit était vide, il n'y avait plus personne. L'un d'eux se pencha en avant sans rien y voir de particulier et pour cause, le trio avait aussitôt été entrainé par le courant dans les eaux glaciales du fleuve. Maïeul quant à lui faisait face à Aymeri et il ressentait une telle colère pour cet intemporel qu'il ne le considérerait en aucun cas faisant partie de son peuple. Le fils d'Edgar était tout comme son père, un être méprisable, manipulateur, fou et menteur. Le thérianthrope regrettait de ne pas l'avoir tué lorsqu'il avait pu.

— Cela ne fait que commencer, prévint Aymeri en se désintéressant du thérianthrope, seul le gamin l'intéressait.

Il avait bien compris qu'il s'agissait d'Edwin Holking : la cicatrice sur son poignet– une fine ligne blanche avaient dit ses hommes– ses cheveux noirs, ses yeux bleus étaient toutes les caractéristiques d'Edwin Holking.

— Rien n'a jamais cessé, indiqua Maïeul en s'élançant dans les airs, provoquant un puissant souffle qui décoiffa Aymeri.

Le fils d'Edgar avait complètement détruit le village d'humains, il ne restait rien et presque plus personne. Ses hommes avaient ravagé la forêt à tel point qu'il y avait autant d'arbres à terre que debout et ils avaient fini leur course dans les souterrains détruisant le village de Maïeul avec les tremblements de terre. Le village s'était écroulé sur lui-même, enterrant tout ce qui se trouvait encore à l'intérieur et causant, à la surface, un affaissement de la terre. Beaucoup d'intemporels de son village s'étaient terraportés en pleurs, certains venaient de perdre toute leur famille, leur maison, leurs souvenirs et Aymeri Smérold était toujours en vie et se pavanait comme si cela n'était rien.

— Retrouvez-moi, ce foutu gamin !

Les capes noires savaient tous qu'Edwin Holking n'était pas mort, malgré ce qu'avait affirmé le roi Edgar. Pendant des années, Aymeri avait mené des troupes d'hommes à travers tout le territoire de Lionnegard pour retrouver le gamin et veiller à ce qu'il ne refasse jamais surface.

Maïeul demanda à deux de ses hommes de se terraporter de toute urgence au palais d'Otulas, pour prévenir le roi Arthémo de ce qu'il venait de se passer, ici. Le reste de ses hommes l'aidait à essayer de retrouver Edwin, sans savoir qu'il était accompagné par son fils et Alyssa. Ses ailes lui conféraient un certain avantage ainsi qu'à son élite, il avait une vue plus vaste dans le ciel. De là-haut, ils avaient tous pu constater avec tristesse que les dégâts dus à la bataille étaient considérables. Quelque chose attira son regard perçant. Là, en plein milieu de la forêt, toute une lignée d'arbres avait été détruite, traçant un chemin jusqu'au point de chute de la falaise. C'est là qu'il remarqua que trois intemporels en capes noires regardaient vers le bas, il en était sûr. Edwin avait sauté dans la chute d'eau pour leur échapper. Aymeri était attentif aux réactions des thérianthropes dans le ciel, il savait l'avantage qu'ils possédaient. Si l'un d'eux repérait quelque chose, lui et ses hommes n'auraient plus qu'à les suivre.

— Nyal ! appela Maïeul en volant pour se porter à ses côtés. Nyal était un thérianthrope de confiance, Maïeul savait qu'il pouvait lui confier ses hommes, les yeux fermés. Je crois savoir dans quelle direction est parti le garçon. Nous allons nous scinder en plusieurs groupes pour éviter qu'Aymeri et tous ses sbires nous suivent.

Maïeul jeta un coup d'œil noir à Aymeri, il le voyait l'observer. L'anthropomorphe blond avait suivi son regard en comprenant ce que voulait dire son ami.

— La direction ?

— Nord-ouest.

Nyal hocha la tête avant de faire comme si son attention avait été accaparée par un point vers le sol en direction contraire à celle de son ami.

— Ça bouge par-là, venez ! s'écria-t-il à l'intention des autres qui s'étaient mis à voler à ses côtés.

Maïeul profita de cette diversion pour voler dans l'autre direction mais Aymeri n'était pas dupe contrairement à tous ses hommes, ces imbéciles s'étaient tous précipités avec les autres thérianthropes. Le père d'Aaron suivit le fleuve dit « du serpent », à cause de sa forme ondulée, les courants étaient mortels. Il espérait sincèrement que le garçon avait réussi à s'extirper de l'eau pour rejoindre la rive, repérant à mi-chemin de l'herbe écrasée, il suivit son instinct. Aymeri se terraporta à ses côtés.

— N'as-tu donc rien d'autre à faire que de me suivre ?

— Je ne suis pas idiot au point de me faire berner par votre stratagème digne d'un enfant de quatre ans, siffla Aymeri

— On ne peut pas en dire autant de tes hommes, railla Maïeul.

— Comment pouvez-vous seulement croire que ce gamin peut représenter quelque chose pour le monde ? cracha Aymeri. Si nous étions tous soudés comme au beau vieux temps, nous serions en paix depuis déjà bien longtemps, continua-t-il en suivant le thérianthrope.

Maïeul se retourna sur lui.

— Cela n'arrivera jamais. Edwin est à présent le seul, le seul être capable de nous offrir la paix que nous voulons tous et ne me dis pas que tu ne le penses pas sinon tu ne serais pas là, à me suivre, pour retrouver sa trace.

Aymeri voulut répondre, mais les deux grandes créatures au teint vert étaient apparues devant eux. Elles faisaient le double de la taille des hommes et étaient très fines de couleur verte pale, sans poils, ni cheveux, ni oreilles mais des membranes de chaque côté de leur tête. Ces créatures possédaient une bouche sans lèvre et un nez à la façon d'un serpent, tout ce qui ressortait chez elles étaient leurs très grands yeux en amande, d'un vert intense. C'était ces deux créatures qui avaient attrapé le trio, pendant qu'ils couraient gelés à travers les arbres, cela c'était déroulé si rapidement que pendant une seconde le cœur d'Edwin s'était arrêté.

— Evidemment, il faut que nous soyons en territoire Jalla, s'exclama Aymeri en soupirant, visiblement agacé par cette perspective.

Jalla, c'était le nom de ces créatures. Elles vivaient en couple avec leur âme-sœur et si l'une venait à mourir, l'autre suivait. Les Jalla ne parlaient pas. Ils communiquaient entre eux en utilisant des ultra-sons et lorsqu'ils voulaient s'adresser à des intemporels, ils le faisaient en utilisant le langage des signes. C'étaient des créatures très intelligentes qui vivaient exclusivement dans des forêts, elles construisaient leur cabane dans les arbres et ne se déplaçaient que de branches en branches. Grâce à leur couleur de peau et à leur rapidité, les humains ne les voyaient jamais. Chaque couple de Jalla possédait son territoire dans la forêt et le protégeait au péril de leur vie, si quiconque venait à chasser ou à couper un arbre sur leur parcelle de terre, il devrait répondre de ses actes devant eux. Le mâle signa en faisant comprendre à Aymeri qu'il devait quitter immédiatement son territoire, son expression n'incitait pas à parlementer, c'était clairement un ordre.

— Je suis le fils du roi Edgar Smérold et aucune de vous, créatures, ne pouvez m'ordonner de quitter les terres de mon père, siffla hargneusement Aymeri.

Edwin, perché sur son arbre serrait ses poings et contenait sa rage, il avait tellement envie de se jeter sur l'homme et de l'étrangler pour tenir de tels propos. Ces terres n'appartenaient certainement pas à son père, elles appartenaient à sa famille depuis des siècles. Mais il se retenait, le jeune homme ne voulait pas aggraver la situation et mettre en danger ses amis, s'il voulait changer les choses, il devait se comporter en adulte et ne pas agir avec impulsivité. Aymeri ne prit même pas la peine de retranscrire en langage des signes ce qu'il venait de dire. Bien que les Jalla n'avaient pas compris un traître mot de ce qu'avait persifflé l'homme, ils étaient assez intelligents pour identifier son expression ainsi que l'aura qui se dégageait de sa personne.

— Continue de les provoquer, cela nous fera un ennemi de moins à éliminer.

Le fils d'Edgar serra la mâchoire devant l'apparition soudaine de ses cousins, devant lui se tenaient Cillian et Timoléon Smérold –l'aîné et le cadet – deux des trois fils d'Arthémo Smérold. Derrière le plus vieux, se trouvait une centaine d'intemporels bois en main.

— Je ne te donnerai pas cette satisfaction, dit-il en s'apprêtant à se terraporter mais il laissa sa main en suspens. Dois-je transmettre vos salutations à votre frère, attaqua Aymeri, perfide.

Cillian se contenait face à la remarque de son cousin contrairement à son frère Timoléon, retenu à temps par deux intemporels, il voulait bondir sur Aymeri.

— Je lui dirai, convint le fils d'Edgar.

Il avait un sourire narquois en jetant un coup d'œil à Timoléon, qui lui, le fusillait du regard, maintenu par ses propres hommes. Cillian n'avait aucune confiance en son cousin et sa méfiance avait bien lieu d'être puisqu'il ne disparut que quelques instants avant de se terraporter de nouveau, devant eux, avec tous ses hommes masqués, tous plus effrayants les uns que les autres.

— Je lui dirai, lorsque je vous aurai tués, reprit Aymeri en balançant une envolée de neige vers ses ennemis.

Les intemporels du camp d'Aymeri se servaient de la neige pour créer des stalactites et les envoyaient par dizaines sur leurs ennemis, mais Cillian et ses hommes purent éviter de se faire toucher simplement en dressant des murs de glace. Alors qu'une nouvelle bataille éclatait entre les clans, les Jalla rejoignirent d'un seul bond les branches sur lesquelles le trio était perché. La femelle se saisit d'Aaron, tandis que le mâle positionnait Edwin sur son dos et tenait Alyssa dans ses bras. Courant et sautant de branche en branche avec aisance et rapidité, ils ne leur avait guère fallu plus de temps pour emmener le trio loin du danger.

Aymeri avait fui au moment même où l'armée de Cillian avait pris avantage sur la sienne, se rendant compte que le gamin n'était certainement plus dans les parages et qu'il n'avait aucun profit à tirer en continuant à se battre, alors lui et son armée disparurent comme ils étaient apparus.

Maïeul fut mis au courant, que son fils et Alyssa n'étaient pas au Palais d'Otulas avec sa femme. Cela signifiait qu'ils étaient certainement avec Edwin, quelque part, sans doute pas très loin d'ici. C'était effectivement le cas, les Jalla avaient laissé le trio aux abords de la forêt sur une terre vaste sans rien d'autre qu'un manteau neigeux, s'il voulait rejoindre le nord et fuir Aymeri, Edwin n'avait pas d'autre choix que de continuer.

— Pourquoi est-ce que tu ne nous as rien dit ?
Edwin savait parfaitement de quoi voulait parler Alyssa.

— Parce que je voulais éviter ça, s'écria-t-il en pointant du doigt ce qu'il y avait derrière lui, voulant parler de la bataille. J'ignore comment ils ont su mon identité mais regarde ce que cela a déclenché. Je ne veux pas être responsable de cela, dit-il attristé.

— Tu n'es pas le déclenchement de tout cela, contra Aaron. Edgar a fait exécuter de nombreux humains, détruit de nombreux villages sans que tu ne sois là.

— L'important c'est que nous fassions honneur à tous ceux qui ont donné leur vie et que nous nous battions pour la paix dont ils rêvaient, rajouta Alyssa.

Ils avaient raison

— Faisons juste en sorte qu'il y ait le moins de victimes possible et pour cela je dois me faire discret. Et vous n'êtes pas obligés de me suivre, je suis sûr que ton père, Aaron, doit déjà être à votre recherche et je ne voudrais pas…

— Tais-toi, coupa Aaron en levant les yeux au ciel. Nous t'avons déjà dit qu'un intemporel ne faisait jamais route tout seul, nous venons avec toi que tu sois d'accord ou pas, dit-il en passant devant lui.

Alyssa regardait le jeune roi en souriant, maintenant il était fixé.

— Très bien, dit Edwin en suivant , désormais, ses amis.

7

UN SOUVENIR COMMUN

Cela faisait beaucoup de temps que le trio marchait. Ils ne savaient pas combien de temps s'était écoulé depuis qu'ils avaient vu les Jalla, peut-être des jours, des semaines sans que personne ne les rattrape. Aaron se faisait du soucis pour son père, c'était la première fois qu'il était séparé de lui autant de temps. Il se doutait que lui aussi devait s'inquiéter sans parler de sa mère, elle allait certainement lui hurler dessus après l'avoir serré dans ses bras, lorsqu'il la retrouverait.

— Regardez ça, souffla Alyssa, les bras enroulés autour de son corps, elle était frigorifiée.

Ils ne s'étaient pas séchés depuis qu'ils avaient plongé dans le lac et il avait reneigé, la fièvre les avait rapidement pris et ils devenaient plus faibles à mesure que le temps passait. Sur ce terrain vague, complètement enneigé avec quelques arbres morts, se trouvait un château imposant, perdu au milieu de nulle part. A peine ses yeux s'étaient posés sur la bâtisse qu'Edwin fut emporté dans un souvenir, cela n'était pas arrivé depuis longtemps c'est pourquoi il s'était laissé surprendre.

Le passé n'était pas beau à voir, ici même, il y avait eu une violente bataille entre les humains et les intemporels, Edwin n'avait pas mis longtemps à comprendre qu'il y avait assisté. C'était ici même que ses parents étaient morts, assassinés et qu'il avait hérité de cette cicatrice à son poignet. Il luttait pour sortir de ce terrible souvenir qu'il avait longtemps cherché à oublier, parfois il revoyait l'image de ses parents étendus, inconscients au sol, baignant dans leur propre sang.

— …win, entendit-il

Mais à nouveau un flash d'images le saisit, il y voyait des intemporels qui se terraportaient et qui fuyaient avec des enfants, ceux-là n'étaient pas des partisans d'Edgar, c'étaient des civils. Il reconnut le père d'Aaron avec plusieurs autres thérianthropes, il y avait sa femme qui tenait Aaron dans ses bras et un autre homme tenait Aimie, il ne comprenait pas ce qu'ils faisaient tous là, au milieu de cet enfer. Lorsqu'il vit le père d'Aaron faisant demi-tour pour récupérer une petite fille au sol, juste devant une femme allongée face contre terre, il se rendit compte qu'il s'agissait d'Alyssa. Il entendait vaguement qu'elle appelait son père en tendant sa main vers un homme. Celui-ci avait ses traits déformés par la rage et il s'apprêtait à embrocher un des intemporels en capes noires, lorsqu'un autre homme, un humain planta son épée dans son cœur.

Tellement choqué par cette violence le jeune homme ne sentit pas ses jambes se dérober sous lui, il était à genoux et maintenait sa tête de ses deux mains en grimaçant de douleur.

— EDWIN ! hurla Aaron en le secouant de toute ses forces.

Le sang-mêlé retrouvait finalement ses esprits alors que Aaron s'écarta de lui. Edwin plongea ses deux mains dans la neige en prenant de grosses poignées qu'il écrasa contre son visage, pour ressentir autre chose que cette atroce douleur qui tapait à l'intérieur de son crâne.

— Edwin, est-ce que tu vas bien ?
Alyssa se précipita à sa hauteur en plaçant une main dans son dos, ni elle ni Aaron ne comprenaient à quelle souffrance était en proie leur ami.

— Oui, ça va…mieux, dit-il en commençant à se relever.

— Qu'est-ce qu'il s'est passé ? demanda Aaron, les yeux hagards, il avait eu peur.

— Rien ne t'en fais pas, dit-il en se relevant.

Son regard tourné vers le château, cette bâtisse, témoin muet de ce qu'il s'était passé ici, il n'y avait qu'à le regarder pour imaginer la violence de la bataille. Il manquait la partie d'une tour, les pierres provenant des remparts bouchaient l'entrée de la porte principale et des trous béants dans l'enceinte du château laissaient largement passer les flocons de neige qui tombaient.

— Woua, s'écria Aaron en faisant un bond en arrière.

Le garçon reculait lentement, les yeux écarquillés, il montrait de son doigt un point derrière eux. Alyssa et Edwin tournèrent leurs têtes pour voir ce qui effrayait leur ami à ce point, en comprenant Alyssa tomba sur les fesses tout autant effrayée.

— Edwin, non ! paniqua-t-elle

Le jeune homme dirigeait sa main avec une extrême lenteur sur la tête de l'animal, le lion se laissait faire et semblait même apprécier le contact.

— T-tu connais ce lion ?

Edwin hocha la tête, il ne pensait pas que pendant tout ce temps l'animal l'avait suivi et d'ailleurs il n'en connaissait pas la raison. Finalement détendus, les deux intemporels s'étaient rapprochés.

— Comment s'appelle-t-il ?

Edwin fronça les sourcils à la question de la jeune fille, il n'avait pas donné de nom à ce lion parce qu'il ne pensait pas qu'ils feraient un bout de chemin ensemble. Mais si c'était le cas alors :

— Leofortis, dit-il en lui caressant l'avant de la tête

Finalement accompagné par Leofortis, le trio avait repris la route en direction du château, il n'y avait qu'une seule entrée pour y accéder et ce n'était vraiment pas la meilleure du point de vue d'Alyssa. Elle grimaça de dégout en avisant un trou immense, sombre, avec de l'eau qui s'écoulait à l'extérieur, noircissant la neige autour, l'odeur qui s'en échappait était absolument insupportable.

— Hors de question que je rentre là-dedans, dit-elle subitement en reculant d'un pas.

Elle était épuisée, gelée, très certainement malade mais elle n'était pas aussi désespérée pour rentrer à l'intérieur sans savoir ce qu'il pouvait bien s'y cacher. Aaron lui aussi grimaça lorsque l'odeur parvint jusqu'à lui.

— Si nous continuons à marcher dans ces conditions, nous n'allons pas survivre très longtemps, s'exclama Aaron bien qu'il était peu enclin à rentrer.

Il fallait être réaliste.

— Nous ne savons même pas ce qu'il y a là-dedans ! s'exclama-t-elle effrayée à l'idée de trouver toute sorte de choses monstrueuses. Regardez, dit-elle en montrant le lion du doigt.

Leofortis ne s'était pas arrêté devant l'entrée, il était parti en éternuant plusieurs fois.

— Même lui préfère fuir que rentrer dans cet endroit.

— Vois le bon côté des choses, les hommes d'Edgar ne penseront peut-être pas à rentrer, ce qui nous donne une certaine chance.

La jeune fille s'étouffa avec sa salive, ils n'avaient aucune chance à rentrer dans un endroit pareil, c'était une tragédie, une catastrophe, une très mauvaise blague mais certainement pas de la chance !

— Après vous, madame, dit Aaron d'un ton moqueur en lui faisant signe de la main.

Edwin éclata de rire en voyant le regard noir de la jeune fille. Elle entra en se bouchant le nez d'un air contrarié mais même avec ça, l'odeur passait à travers et cela lui donnait des haut-le-cœur. Edwin devait admettre que celle-ci devenait plus forte à mesure qu'ils avançaient, ce n'était vraiment pas agréable mais ils n'avaient pas le choix. Aaron avait recouvert sa bouche avec sa main tout en se pinçant le nez. Tous les trois avaient des mines dégoutées en progressant la mort dans l'âme, espérant voir la sortie rapidement. Soudain, Alyssa poussa un hurlement absolument terrifiant qui résonna à travers tout le tunnel .

— Quoi ? Qu'est-ce qu'il y a ? Qu'est-ce qu'il se passe ? s'écria Aaron

— Un rat, répondit-elle d'une voix faible. J'ai senti ses pattes sur mon pied.

Elle en frissonnait, elle avait en horreur ces petites bêtes et elle sentait les larmes lui monter aux yeux rien qu'en pensant que cet endroit devait en grouiller.

— Quoi, c'est tout ? s'exclama le garçon presque déçu.

— Je crois que c'est déjà suffisant en plus de l'odeur, du noir et de ce labyrinthe de tunnel immonde, s'énerva-t-elle.

Aaron agrandit son bois, avant de le taper d'un coup sec sur le sol. Des étincelles jaillirent alors avant de remonter le long du bâton et d'enflammer l'extrémité. Le garçon fit ensuite rapetisser son bois, s'en servant comme d'une torche. Mais la lumière éblouissante éclaira tous les rats qui poussèrent un couinement avant de s'élancer dans leur direction, terrifiant Alyssa. La jeune fille eut tellement peur qu'elle se retourna à une vitesse fulgurante face à Edwin et se cogna contre son torse.

— Est-ce que ça va aller ? demanda-t-il en la redressant, ses mains posées autour de sa taille, il cherchait le contact visuel.

Aaron lui, était mort de rire. La jeune fille, rouge de gêne se défit vite de son emprise en reculant, comme si le contact du garçon l'avait brulée.

— Espèce d'idiot, s'écria-t-elle en direction d'Aaron avant de reprendre la route, visiblement vexée.

— Allez, ne fais pas la tête ! Regarde, il y a de la lumière là-bas, indiqua Aaron.

Ils sortirent en courant et surtout en soupirant de soulagement, le trio appréciait d'inspirer de l'air frais. Mais l'odeur était incrustée sur leurs habits, leurs pieds étaient trempés et recouverts d'une épaisse couche pâteuse de couleur marron.

— Vraiment, dégoutant, dit Edwin en grimaçant

Tous les trois traversèrent les cachots, surpris de constater que l'un d'eux avait encore la grille fermée. À l'intérieur, un squelette en position assise avait encore les chaînes autour de l'os des poignets.

— Cela doit être terrible, dit Alyssa.

— De quoi ? demanda le sang-mêlé.

— De mourir seul.

Oui, cela devait être affreux de n'avoir personne à qui parler, de n'avoir personne à qui confier ses craintes, ses doutes, ses regrets, personne qui pouvait le rassurer. Edwin ne savait pas pour quelle raison cette personne avait été enfermée, il espérait seulement que c'était pour une bonne raison et pas pour des futilités.

— Il y a un escalier par ici, signala Aaron un peu plus loin.

Les jeunes gens remontèrent, pour arriver dans un immense hall, le sol marbré était fissuré à plusieurs endroits. Certaines fenêtres étaient complètement brisées et du lierre s'était introduit à l'intérieur des lieux, recouvrant des pans de mur. Il y avait peu de tableaux dans le château, seulement quelques-uns qui étaient complètement noircis par la saleté et le temps, tout comme les tapis qui avaient dû, à une époque, être d'un rouge flamboyant. Cela faisait beaucoup de mal à Edwin de voir que ce lieu avait, à une époque, appartenu à ses parents et qu'il avait été détruit et eux tués.

— J'aimerai dire que la violente bataille qu'a connu ce château serait bien la dernière mais je pense que des heures bien plus sombres approchent.

— Mais nous serons tous là pour y faire face, dit Aaron en plaçant une main sur l'épaule de son ami.

Edwin était content d'avoir les deux intemporels à ses côtés, Alyssa et Aaron étaient ses premiers amis et il savait qu'il pouvait compter sur eux. Il commençait à comprendre pourquoi les intemporels ne faisaient pas route tout seuls, c'était important de se sentir soutenu, de sentir qu'il y avait des personnes prêtes à l'aider et il en ressortait une certaine confiance en lui qu'il n'aurait peut-être pas eu s'il avait été tout seul. Finalement, guidé par leur curiosité, ils s'étaient divisés , prenant chacun une direction pour explorer les lieux. Edwin était monté à l'étage et était rentré dans un des appartements en cherchant principalement des vêtements à enfiler qui remplaceraient ses loques humides et dégoutantes.

— Ah ! Tu as trouvé des vêtements aussi, dit Aaron en souriant.

— Oui, il faut dire que c'était nécessaire, répondit Edwin en regardant sa boule de vêtements malodorante au sol.

Les deux garçons continuèrent leur visite ensemble à travers le château. La superficie était assez importante : il y avait de nombreux appartements, plusieurs bureaux, une salle de réception, des cuisines, des cachots et différentes autres pièces. Les deux garçons montèrent finalement au tout dernier étage et l'un comme l'autre avaient été agréablement surpris d'y trouver une bibliothèque intacte. Pas l'ombre d'une fissure au sol, même les carreaux des vitres étaient impeccables. Aaron trouvait cet endroit bien trop entretenu à son goût, ce n'était certainement pas normal quand on voyait le reste du château.

— C'est vraiment grand, ici !

— Chuuuut, paniqua Aaron en brassant l'air avec ses mains. Pas si fort, reprit-il en murmurant.

Il tourna la tête à droite et à gauche dans la bibliothèque et Edwin pouvait lire une profonde inquiétude sur son visage, comme s'il s'attendait à voir un monstre sortir d'un des murs de la pièce.

— Mais tu vois bien qu'il n'y a personne ici.

— Je suspecte la présence de Golux et crois-moi ils savent se faire discrets.

— Goulu ? Qu'est-ce que c'est que ça ?

Aaron étouffa son rire.

— Pas goulus, dit-il rieur. Des Golux. Ce sont des créatures qui envahissent les bibliothèques. Ils adorent les livres, le bois et par-dessus tout le silence. Lorsqu'il y a trop de bruit, ils poussent des cris particulièrement aigus et c'est vraiment désagréable.

Edwin blêmit en regardant un point derrière son ami.

— T-tu parles de ça, dit-il en pointant du doigt au même endroit.

— Oui, c'est bien un Golux, affirma-t-il sans crainte.

C'était une petite créature qui arrivait au niveau de la taille des garçons, elle avait de longs poils bruns et des petits yeux ronds, noirs. La créature avait des airs d'ourson.

— Qu'est-ce qu'il fait ?

Les yeux d'Edwin s'écarquillèrent alors que la créature avançait dans sa direction en poussant un cri vraiment particulier.

— Il veut communiquer avec toi, vas-y réponds lui, dit Aaron

— Comment est-ce que tu veux que je réponde à ça, sérieusement ?

Edwin jeta un coup d'œil vers son ami, méfiant. Il n'arrivait tout simplement pas à croire que la créature pouvait le comprendre. Cependant, devant le regard insistant et sérieux d'Aaron, il s'exécuta – à contrecœur – en reproduisant son cri. C'était d'un ridicule, pensait-il.

— C'est bon, je pense que tu es le bienvenu maintenant, dit Aaron.

Aaron se retenait avec peine d'éclater de rire, l'imitation de son ami avait été magistrale, Edwin y avait mis tout son cœur et c'était certainement le plus marrant.

— Il n'a pas un problème ?

Edwin fronça les sourcils en voyant le Golux repartir d'une façon étrange

— Non, c'est la manière de se déplacer de ces créatures.

Les Golux ne se déplaçaient que sur leurs deux pattes arrière, en sautant d'une patte à l'autre. C'étaient des créatures plutôt bourrues mais très silencieuses et plutôt agréables à vivre. Deux autres Golux étaient arrivés vers Edwin en poussant des petits cris comme le précédent à la plus grande horreur du garçon qui ne pouvait même plus avancer.

— Je crois qu'ils t'apprécient, cela doit faire très longtemps qu'ils ont vu du monde.

Les Golux étaient amusés face au garçon qui essayait de passer entre eux, alors qu'Edwin était plutôt embêté.

— Tu dois leur répondre, indiqua Aaron
En soupirant fortement, Edwin s'exécuta en même temps qu'Alyssa venait les rejoindre en regardant le jeune homme étrangement.

— Qu'est-ce que tu fais ?

— Je lui ai demandé de me laisser passer, répondit-il en haussant les épaules.
Alyssa haussa un sourcil.

— Comme ça ?

— Oui, c'est du quoi ? Goluxien ?

C'en fut trop pour Aaron qui explosa de rire, il n'arrivait pas à croire que son ami avait vraiment cru qu'il pouvait communiquer avec eux, il n'en pouvait plus.

— Du Goluxien, ça aurait pu.

Alyssa avait gentiment rigolé elle aussi et alors Edwin réalisa, mortifié, que tout cela n'avait été qu'une vaste farce.

— Vraiment très drôle, dit-il en en levant les yeux au ciel.

Aaron imitait les cris de son ami avant de replonger dans un fou rire incontrôlable, un rire communicateur puisqu'Edwin et Alyssa rigolaient joyeusement avec lui. Puis la jeune femme partit de son côté pour pouvoir parcourir les étagères de la bibliothèque, toujours en souriant alors que les garçons riaient encore tous les deux. Son regard fut attiré sur une étagère assez haute, qui n'était pas à portée de ses mains. Il y avait un étendard d'un rouge un peu passé avec un lion doré dessus. Elle avait réussi à le faire descendre grâce à son bois.

— Eh bien nous serons à l'abri pour cette nuit, dit Aaron en regardant par la fenêtre.

Une tempête de neige commençait à s'abattre sur le château abandonné en même temps que la nuit tombait. Les flocons venaient s'écraser avec force sur les fenêtres encore entières de la bibliothèque. Alyssa allumait le feu dans la cheminée ainsi que plusieurs chandelles et Aaron partit aider Edwin à ramener plusieurs coussins et couvertures pour la nuit. La bibliothèque était sans aucun doute l'endroit le plus entier et rassurant du château. C'était donc naturellement là, qu'ils avaient décidé de passer la nuit tous les trois.

— Tiens, j'ai trouvé ça tout à l'heure.

La jeune fille tendit l'étendard des Holking à Edwin qui s'en saisit doucement avant de le déplier devant lui pour le voir entièrement. Il était impassible en regardant ce drapeau, celui de sa famille. Alors qu'il se levait pour sortir de la bibliothèque les deux intemporels se regardèrent sans comprendre.

— C'est beaucoup mieux comme ça, n'est-ce pas ?

Edwin revint avec le morceau de tissu devant eux et le déplia pour leur montrer ce qu'il avait rajouté dessus.

— Tu sais que tu pourrais provoquer une crise cardiaque à Edgar Smérold, rien qu'en lui montrant ça ? demanda Aaron en pointant du doigt le tissu, un sourire sur le bout des lèvres.

Le jeune Holking avait tracé un trait noir de chaque côté du lion, c'était la marque des intemporels sur l'étendard du roi du peuple humain.

— En fait, qu'est-ce qu'elle signifie votre marque ?

Alyssa releva la tête de son livre.

— Cela représente le passage… Alyssa montra la marque sur son poignet droit en faisant glisser son doigt de sa main gauche entre les deux lignes. Entre le monde des humains – elle glissa son doigt vers le haut – et le nôtre – son doigt descendit.

8

UNE AIDE PRECIEUSE

La tempête de neige dura plusieurs jours, cloitrant les adolescents dans le château. Ils en profitèrent pour se reposer, pour se soigner également, leurs vêtements humides combinés au froid les avaient rendus malade bien plus qu'ils ne le pensaient. Alyssa avait gardé sur elle des plantes médicinales et avait donc pu concocter un breuvage pour les soigner, grâce à la jeune femme, ils ne furent mal que pendant une journée. Edwin put ensuite lire plusieurs livres, en cherchant principalement à en savoir un peu plus sur les intemporels et sur leur monde. Les livres étant assez vagues, c'était finalement Alyssa et Aaron qui répondaient au mieux à ses questions. Il apprit donc que le père d'Aaron était le chef de l'envol noir, l'élite la plus puissante dans les armées du roi Arthémo et dont son ami prendrait la relève lorsque son père l'aura décidé ou sera mort. Le gène thérianthrope se transmettait seulement de père en fils ce qui voulait dire qu'Aimie n'était pas concernée. Alyssa lui parla beaucoup du royaume d'Otulas, bien que ni elle ni Aaron n'y soient allés. Maïeul leur avait simplement expliqué que les terres étaient pratiquement recouvertes de forêt et que tout était magnifique, aussi bien dessous que sur la surface de la terre.

Alors que la neige cessa de tomber, Aymeri et ses hommes reprirent la route et bien qu'ils aient été considérablement ralentis à cause de la tempête les intemporels parvinrent à atteindre le château. Il était hors de question pour Aymeri de se terraporter en sachant qu'il pouvait passer à côté du morveux, alors ils faisaient tous, la route à pied.

— Hâtez-vous ! s'écria-t-il en commençant à accélérer le pas vers le château.

Il faisait encore nuit, lorsqu'Edwin se réveilla en sentant une présence au-dessus de lui. Et en effet, en entrouvrant ses yeux saphir, il rencontra les onyx du Golux qui avait son museau très près de son propre nez. La créature poussa un cri absolument terrifiant qui le fit crier également et réveilla ses amis par la même occasion. Tous les autres Golux s'étaient mis ensuite à hurler en s'agitant dans tous les sens, obligeant le trio à se boucher les oreilles. Aaron réagit aussitôt en cherchant la raison de leur panique. C'est en regardant par la fenêtre et en apercevant des capes noires qu'il comprit. Les Golux les prévenaient que les hommes d'Edgar pénétraient dans le château.

— Nous sommes bloqués ! s'écria Aaron

Il n'y avait qu'une seule sortie et c'était déjà la position des intemporels, ils s'étaient fait prendre à leur propre piège Désespéré Aaron regarda la jeune fille et Edwin suivit son regard.

— Pourquoi est-ce vous me regardez ?

— Parce que c'est toujours toi qui es censée avoir des idées, continua Aaron.

Alyssa avait toujours des idées, oui, mais elles n'étaient pas forcément les meilleures non plus, la plupart du temps elles étaient surtout dangereuses.

— Tu as bien une idée, n'est-ce pas ? demanda Edwin

— J'en ai une, oui. Mais c'est complètement…fou, répondit-elle. Venez !

Elle les emmena à l'étage inférieur. Saisissant à pleine main du lierre qui dépassait de la fenêtre, Alyssa ne leur fournit pas plus d'explications, de toute façon ils allaient vite comprendre. Elle faisait grandir le lierre, celui-ci rampait à une allure impressionnante vers le sol. Ayant peur de réaliser, Edwin pencha sa tête à travers la fenêtre afin de constater la hauteur.

— C'est complètement fou, je confirme, dit Edwin.

Les yeux d'Edwin était dilatés d'appréhension.

— Nous n'avons pas le choix, indiqua-t-elle.

Aaron passa le premier pour descendre, pour lui, la hauteur ne lui faisait pas peur. Mais ce n'était pas le cas pour Edwin qui préférait nettement la terre ferme, guidé seulement par son courage, il descendait sans jamais regarder en bas. Alyssa descendait à ses côtés pour essayer de lui apporter une présence rassurante. Au même moment, à l'intérieur du château les intemporels fouillaient toutes les salles, les recoins, les placards et pour certains même les tiroirs.

— Tu crois vraiment qu'ils peuvent se cacher là-dedans ? demanda l'un deux en regardant l'autre avec exaspération.

— Un réflexe, répondit l'autre en souriant niaisement.

Tous les autres retournaient tout ce qu'il restait dans chaque pièce, dégradant un peu plus les objets en y prenant un certain plaisir malsain.

— Monseigneur ! Regardez ce que j'ai trouvé.

Le fils d'Edgar arracha le tissu des mains de l'homme avant de le placer devant ses yeux. Son visage s'assombrit et sa mâchoire se contracta, cette saleté de gamin avait osé ! Il jeta avec haine l'étendard des Holking au sol avant d'écraser le bout de son bois dessus, y mettant ainsi le feu.

— Ils sont là-bas, hurla soudainement un intemporel à l'étage du dessus.

Aymeri se précipita pour le rejoindre, les autres hommes sur ses talons, il poussa violemment l'intemporel devant la fenêtre pour prendre sa place. Le trio courait avec une certaine difficulté dans la neige poudreuse avec un lion blanc à leur côté. Dans un mouvement brusque, Aymeri Smérold attrapa le lierre dans sa main juste avant de disparaitre. Il se terraportait directement en bas du château.

— Plus vite ! s'écria Edwin lorsqu'il constata que les intemporels courraient derrière eux.

Sans lâcher des yeux le jeune Holking qui courait, Aymeri faisait de grands mouvements avec son bois avant de taper au sol pour y créer une profonde fissure. Edwin, pris par surprise, fut séparé de ses deux amis sans possibilité de les rejoindre.

— Saute ! lui hurla Aaron

Edwin tourna sa tête vers son ami.

— Quoi ?!

Il avait surement mal compris la demande de son ami.

— SAUTE ! s'écria Alyssa, qui elle, disparut à l'intérieur de la brèche.

Edwin regardait Aaron, livide. Etaient-ils fous ?

— Fais nous confiance !

Aaron, lui aussi, sauta, choquant complètement le sang-mêlé qui pensait qu'ils étaient sans conteste atteints d'une folie purement intemporelle. Ce n'est que parce qu'ils avaient l'air de savoir ce qu'ils faisaient que le jeune homme s'élança à son tour pour sauter à l'intérieur de la fissure, empêchant ainsi un des hommes derrière lui de l'attraper. Mais malheureusement pour lui, Aymeri eut l'intelligence de faire glisser le bout de son grand bois au sol, créant ainsi une passerelle de terre qui rejoignait les deux extrémités de la brèche et sur laquelle Edwin s'écrasa de tout son poids.

Au même moment, des cavaliers arrivèrent en grand nombre sur eux, épées tirées en direction des intemporels, soulageant Edwin. Mais le fils d'Edgar n'était vraiment pas préoccupé par les humains qui venaient de faire leur apparition, son regard noir ne lâchait pas les yeux saphirs d'Edwin, d'un pas ferme, le visage déterminé, il avait bien l'intention d'en finir avec lui. Un des cavaliers se dirigeait au galop dans la direction d'Aymeri et le jeune roi espérait de toutes ses forces qu'il mette l'intemporel hors d'état de nuire. Mais celui-ci était bien trop intelligent pour se laisser avoir aussi stupidement : d'une simple trainée au sol, un puissant souffle venu du bois d'Aymeri renversa le cheval et éjecta l'homme à plusieurs mètres.

Pris de panique, le jeune homme agrippa son bois de ses deux mains et le fit passer de vingt centimètres à un peu plus d'un mètre en une fraction de seconde. Il avait vu la façon de faire d'Alyssa et Aaron, cela ne devait pas être si terrible et voir le sourire de l'intemporel disparaitre finit de le convaincre que c'était une bonne idée. En roulant sur le côté, le jeune homme se laissa tomber dans la tranchée avec son bois perpendiculairement aux deux pans de mur qui lui permettait de ralentir considérablement sa chute.

— Saleté de morveux tu vas voir, murmura Aymeri en maudissant tous les dieux alors qu'il se lançait, une nouvelle fois, à la poursuite du gamin.

Il était tout simplement hors de question qu'il perde sa trace une nouvelle fois, il était suffisamment moqué dans les rangs par ses hommes. Il faut dire que le gamin avait réussi à lui échapper un certain nombre de fois alors qu'Aymeri n'avait ô combien jamais, laissé une de ses proies lui échapper.

— Eh bien, tu en as mis du temps, nota Alyssa alors que l'héritier de Lionnegard les avait rejoints.

— J'étais…un peu occupé, répondit-il alors qu'ils couraient côte à côte. Il y des humains là-haut, cela devrait les occuper un peu.

— Pas tous, dit Alyssa en jetant un coup d'œil derrière eux.

Edwin se retenait de lever les yeux au ciel, par tous les dieux cet intemporel n'allait jamais le lâcher. Le petit groupe tomba directement à l'intérieur de ce qui semblait être un village intemporel, il avait des allures de ruines. A présent l'endroit n'abritait personne, il n'y avait plus rien hormis des chemins partout qui montaient et qui descendaient, des piliers manquants, des passages inaccessibles, des escaliers partiellement détruits, c'était dangereux de rester ici.

— Misérable loque humaine, cracha un des intemporels alors qu'il venait de se prendre un coup de sabot du cheval.

Les hommes n'avaient pas perdu de temps, tout ce qui les intéressait était de retrouver Edwin. Mais se débarrasser de quelques intemporels était une bonne chose et les mettait de fort bonne humeur.

— Ils sont passés par les ruines ! s'écria un des cavaliers.

Galopant en direction de la forêt, les trois amis perdirent subitement leur équilibre alors que la terre s'était affaissée faisant chuter les chevaux et les hommes, même les intemporels furent pris par surprise. Il ne s'agissait seulement que d'Aymeri Smérold qui, dans un excès de rage faisait exploser le reste des piliers encore debout. L'homme avait l'allure d'un prédateur prêt à n'importe quoi pour attraper sa proie, qui dans son cas, n'était autre qu'Edwin.

— Il va nous enterrer, s'inquiéta Aaron en regardant à l'arrière.

Le plafond s'écroulait derrière eux à une vitesse fulgurante en provoquant une vague de poussière impressionnante. Alyssa bien à l'avant des garçons les guidait à travers le labyrinthe de passage et Edwin se demandait honnêtement comment elle faisait pour s'y retrouver sans se perdre.

— Ne vous arrêtez pas !

A l'extérieur, la course poursuite perdurait et Aymeri allait se saisir du garçon, il allait enfin parvenir à le faire avant qu'un cheval au galop ne le frôle et que l'homme dessus se saisisse d'Holking. Deux autres cavaliers attrapaient ses deux amis de la même façon. Trop c'était trop.

— RATTRAPEZ-LES, hurla Aymeri à pleins poumons, il tremblait littéralement de rage.

Les intemporels qui s'étaient terraportés à ses côtés, s'étaient immédiatement lancés à la poursuite des hommes et en très peu de temps, ils avaient réussi à encercler les chevaux.

— Etes-vous si idiots pour espérer croire que vous pouviez nous échapper ?

Les intemporels derrière Aymeri se mirent à ricaner bêtement tandis que l'homme descendait calmement de son cheval en laissant délibérément le jeune Holking dessus. Le visage du cavalier était caché par un morceau de tissu qui le recouvrait du menton jusqu'aux yeux, l'intemporel en face de lui était persuadé qu'il faisait partie d'un groupe rebelle caché dans cette partie du territoire.

— Pourtant n'est-ce pas ce que nous avons fait plusieurs fois ?

Si Aymeri n'aimait pas le ton qu'avait pris l'humain, il aima encore moins entendre les ricanements moqueurs qui venaient de ses propres rangs. Il garda son sang-froid et c'était quelque chose de vraiment difficile à croire pour quelqu'un connaissant Aymeri Smérold, cet intemporel était très connu à travers le royaume pour ses crises de colère mortelles.

— Remettez-nous ce gamin et peut-être consentirais-je à vous tuer rapidement, dit-il la mâchoire serrée.

L'homme regardait l'intemporel et sans rien dire, il donna une claque retentissante sur l'arrière-train du cheval. Dans un hennissement l'animal partit immédiatement au galop, Edwin eut juste le temps de s'accrocher à sa crinière suffisamment fort pour ne pas chuter.

— On dirait bien qu'il est parti, annonça l'homme sans regret.

Aymeri fulminait.

— Vous aussi, vous allez partir. Mais vous n'allez jamais revenir, dit-il froidement.

Son interlocuteur n'avait même pas l'air effrayé ni même inquiet et ce n'était pas une chose habituelle venant de la part des humains. Et pour cause ! Il ne s'agissait pas d'humain, Aymeri regardait, désabusé, son cousin en face de lui, celui-ci baissa son tissu et le regardait avec un sourire narquois. Il était bêtement tombé dans leur piège.

— Rattrapez Holking, murmura-t-il sombrement à ses hommes en conservant son regard sur Cillian. Je vais te tuer, JE VAIS TE TUER, hurla-t-il au bord de l'apoplexie.

L'armée de Cillian apparaissait à ses côtés, les thérianthropes investissaient les arbres et les airs. Une nouvelle fois, la bataille éclata entre les deux camps.

— Il y a un village qui se situe pas très loin d'ici les chevaux vous guideront, glissa Maïeul en se rapprochant doucement de son fils.

— M-mais et vous ?

— Nous allons vous faire gagner du temps.

L'homme fit partir l'animal avant que son fils ne proteste, puis procéda de même pour celui d'Alyssa. Il aurait préféré les terraporter d'urgence au palais d'Otulas, il aurait pu le faire, mais le jeune Edwin Holking avait besoin d'eux, alors à contrecœur il venait de les éloigner, heureusement que sa femme n'était pas là pour voir cela. Aymeri se jeta sur son cousin, son bois noir pointu allait l'embrocher. Mais Cillian faisait preuve d'une extrême rapidité, ses mouvements souples contrèrent l'attaque de son cousin. Une nouvelle fois, les deux camps s'affrontèrent, bien que le combat semblait déjà perdu d'avance pour le fils d'Edgar. Celui-ci était bien trop aveuglé par sa haine et son esprit de vengeance pour partir et ses hommes n'avaient pas d'autre choix que de le suivre. L'envol noir attaquait les hommes d'Edgar depuis le ciel, certains d'entre eux possédaient des arcs qu'ils utilisaient contre leur ennemis. Grâce à eux, beaucoup d'intemporels au sol avaient pu se sortir d'affaire. Mais cela ne dura point longtemps, l'une des capes noires, s'était terraportée tout en haut d'un arbre puis en prenant appui sur la branche, il se jeta sur un thérianthrope. Et alors qu'il réussissait à entraver les grandes ailes noires de l'homme, tous les deux, s'écrasèrent d'une hauteur assez conséquente dans la neige poudreuse.

— CESSEZ CELA, hurla Aymeri les yeux exorbités en voyant une pluie d'intemporels tomber du ciel.

Tous ses hommes étaient des imbéciles, bêtement ils avaient reproduit l'attaque de l'intemporel, mais les thérianthropes n'avaient été surpris qu'une seule fois. Ils avaient ensuite esquivé les attaques en laissant les capes noirs s'écraser à terre.

— RELEVE-VOUS ! Cherchez-moi Holking, MAINTENANT ! ordonna-t-il en se battant toujours contre son cousin.

L'étalon noir sur lequel s'enfuyait Edwin était d'une grande rapidité si bien qu'en très peu de temps, il était déjà très loin, hors de portée des capes noires. Il fut soulagé de voir Aaron et Alyssa apparaître, dorénavant il ne se voyait pas faire la route sans eux. Aucun mot n'était échangé pendant plusieurs longues secondes, chacun d'eux reprenait son souffle, l'adrénaline laissait place à une profonde fatigue. Voilà plusieurs jours qu'ils n'avaient pas mangé correctement et qu'ils avaient du mal à dormir, angoissés à l'idée d'être retrouvés. Edwin essayait et réessayait de faire avancer le cheval mais celui-ci refusait catégoriquement de faire un pas de plus. Visiblement très agacé par le caractère borné de l'animal, Edwin s'apprêtait à descendre pour le houspiller, lorsqu'une voix stoppa tous ses mouvements.

— Non, ne descendez pas, s'écria un homme.

La voix de l'homme semblait venir de l'intérieur de la falaise à côté du trio, elle résonnait à travers toute la forêt. Aaron se rappela que son père avait mentionné un village, mais en ayant pourtant appris la carte du territoire par cœur, le garçon était persuadé qu'il n'existait pas de village par ici.

— Ne vous inquiétez. On peut lui faire confiance, rassura Aaron en voyant l'inquiétude dans les yeux de ses deux amis.

Le trio était persuadé pour une raison qu'ils ignoraient eux même qu'un morceau de la falaise allait disparaitre d'une manière ou d'une autre, afin de les laisser entrer à l'intérieur. Quelle ne fut donc pas la surprise pour eux de voir trois grandes créatures massives aux longs poils grisâtres arriver vers eux. Elles avaient le faciès de primate, mais elles étaient bien plus imposantes que n'importe quel singe et leurs pieds de très grande taille avaient la forme de feuille de liquidambar.

— Par tous les dieux, murmura Edwin, désespéré.

— Nous, vous, porter, dit l'une des créatures d'une voix caverneuse.

Edwin jeta un coup d'œil à Alyssa, pas très sûr d'avoir compris ce qu'avait dit la chose. Il était de toute façon hors de question qu'il ait un contact physique avec une pareille créature qui avait l'air de s'être réveillée d'une longue hibernation.

— C'est pour éviter que nos traces de pas soient repérables, expliqua-t-elle à Edwin.

Aaron ne disait rien mais sa fierté en prit un sacré coup, alors qu'il était porté tel une princesse dans les bras puissants de la bête. Holking fermait fortement les yeux, ne voulant pas croire que cela était en train d'arriver. C'est seulement après de longues minutes, sa curiosité prenant le dessus sur la honte d'être porté de cette façon, que le fils d'Yvain parla, mortifié.

— Comment s'appellent ces créatures ?

— Ce sont des homanias, répondit fièrement Alyssa. Généralement, ils vivent en ermites dans les montagnes et n'en sortent que très rarement. Il arrive parfois que des humains les aperçoivent mais ce sont des créatures très solitaires, je me demande bien ce qu'ils font par ici.

Edwin plissa le nez, en comprenant maintenant d'où venait l'odeur, bizarrement dans ce genre de situation Leofortis n'était plus visible nulle part. Le jeune homme se demandait bien où le lion s'était réfugié, il espérait qu'il ne lui était rien arrivé. Perdu dans ses pensées, le petit fils de Leander fut bien vite ramené à la réalité alors qu'il passait entre des lianes. Lui protégeait ses cheveux et Aaron bataillait fermement pour se dépêtrer de celles qui s'emmêlaient à lui à mesure que l'homania avançait, faisant rire la jeune fille.

— Nous sommes encore loin ? râla Edwin, les bras croisés sur sa poitrine.

L'image des deux amis boudeurs dans les bras des créatures était vraiment marrante pour Alyssa, ils ressemblaient plus à ce moment-là à de petits garçons plutôt qu'à deux jeunes hommes.

— Tu as fini de te moquer, l'interrogea Aaron de mauvaise grâce.

— Lorsque je vais raconter ça à Aimie, elle ne s'en remettra pas, dit-elle rieuse. C'est vraiment dommage qu'elle ne soit pas là pour voir ça, murmura la jeune femme plus pour elle-même.

— Tu n'as pas intérêt de faire ça, dit Aaron en blêmissant. Aimie n'a pas besoin d'être au courant de tout et surtout pas de ça, s'écria-t-il alors que son amie l'ignorait. Alyssa ! hurla-t-il alors qu'elle le dépassait dans les bras de son homania.

Edwin se mit finalement à rigoler dans sa cape en voyant Aaron essayer d'attraper l'homania devant lui pour à être la hauteur de la jeune femme. Lorsque la guerre sera finie et qu'il ne leur restera plus que des souvenirs de cette sombre époque, probablement qu'Edwin rigolera encore de tous ces souvenirs avec ses deux amis. Mais en attendant, il poussa un hurlement absolument terrifiant qui avait dut résonner à travers toute la forêt.

— NON MAIS ÇA NE VA PAS ?

Les homanias empruntèrent un petit chemin étroit avant de passer sous une cascade, les mouillant complètement, les cheveux du garçon étaient trempés. Les deux intemporels éclatèrent de rire devant l'image que renvoyait Edwin. Les bras toujours croisés sur son torse, le visage fermé, le regard noir et surtout ses cheveux raides, trempés qui lui retombaient devant les yeux.

— Aaah, les voilà ! les accueillit un homme en tapant dans ses mains.

Il avait une quarantaine d'années avec une longue tunique grisâtre, un sourire plaqué sur son visage, les cheveux décoiffés comme s'il venait de se réveiller. Les homanias reposèrent les jeunes à terre pour le plus grand bonheur des deux garçons.

— Jeune gens, bienvenue à Interuo ! Venez, venez ne soyez pas si timides, dit-il en plaçant sa main derrière le dos d'Aaron pour le faire avancer un peu plus.

— Pour quelle raison cet endroit n'est pas répertorié sur les cartes, demanda le fils de Maïeul en se décalant, de cette désagréable main.

— La guerre a détruit de nombreux villages, mon jeune ami. De là, en naissent de nouveaux tout comme celui-ci, dit l'homme en montrant de sa main la grandeur des lieux.

Le village était construit à l'intérieur de la falaise, en spirale tout autour d'une grande colonne de vide. Le soleil éclairait une partie du village ainsi que la petite forêt qui se trouvait tout en bas encerclée par la falaise. Il y avait beaucoup de monde et quelques créatures dont les homania qui rejoignaient un groupe d'hommes pour les aider à tirer une carriole.

— Mais attendez… Alyssa réalisa quelque chose. Vous êtes un humain !

La jeune fille était très observatrice, elle remarqua donc que l'homme n'avait pas de marque et ne possédait pas non plus de bois. Ce qui finissait vraiment de la convaincre était qu'elle ne ressentait aucun lien avec l'homme, les intemporels pouvaient se reconnaitre entre eux grâce à une sorte de connexion qu'ils ressentaient.

— Quelle perspicacité jeune fille ! s'extasia l'homme.

Une femme et un autre homme s'approchaient d'eux, ils tenaient chacun un grand bois. Ils avaient la peau foncée, de longs cheveux noirs et de grands yeux onyx. Les deux individus avaient des bijoux et de grands morceaux de tissu rouge qui les recouvraient.

— À Interuo, humains et intemporels vivent en harmonie, expliqua l'humain. C'est arrivé pendant la grande bataille du prince Yvain. Lorsque les hommes d'Edgar nous ont attaqué, d'autres intemporels sont venus nous aider, bien évidemment cela n'a pas suffi et la plupart des chevaliers du roi Leander pensaient qu'il s'agissait d'ennemis. Tout a été détruit, certains intemporels sont partis mais d'autres sont restés et nous ont aidés. Les paroles de l'homme étaient conformes avec les visions d'Edwin, il pensait que c'était certainement la bataille la plus sanglante après celle du château royal, entre les deux peuples.

— Et qu'est-ce qui s'est passé ensuite ? demanda Edwin

— Nous avons construit ce village, ensemble. Chacun y a trouvé sa place, répondit l'homme.

Un jeune garçon passait devant l'homme en courant, suivi d'une petite fille qui rigolait. Edwin n'en montrait rien , mais il était heureux. L'existence même de ce village prouvait qu'une paix entre les deux peuples était possible.

— Vous resterez bien un peu, dit-il en changeant de sujet. Vous devez avoir faim, allez venez, reprit l'homme en leur faisant signe de le suivre.

L'un des intemporels à la peau foncée se rapprocha d'Aaron en suivant le petit groupe.

— Vous êtes Aaron Lovenro, fils de Maïeul Lovenro ?

Le jeune homme le regardait avec une certaine confusion, comment pouvait-il savoir qui il était alors que lui ne le connaissait pas ? Il hocha la tête avec méfiance.

— Votre père est connu presque autant que la famille Smérold, c'est un homme admirable.
Aaron était touché par les paroles de l'homme, cela faisait toujours plaisir d'entendre du bien de son père.

— Veuillez m'excusez mais qui êtes-vous ?

— Des amis de votre père, il nous a fait envoyer un écho pour nous prévenir que les capes noires étaient à votre recherche.

Un écho était un petit oiseau parleur, il était utilisé par les intemporels pour transmettre des messages. Parce que contrairement aux humains, ils ne voulaient pas utiliser de parchemin pour communiquer de peur qu'il soit intercepté. Les oiseaux n'avaient pas de couleur en particulier, ils avaient cette capacité à se camoufler. Chaque intemporel possédait un écho à partir de ses seize ans et ces petites bêtes étaient très fidèles à leur maître, mais c'était de véritables pipelettes qui parlaient parfois pour ne rien dire. Très utiles, elles étaient aussi utilisées pour espionner et écouter les conversations.

— Nous faisons partie de la tribu des Sandman, située dans les collines dorées, je suppose que votre père vous en a parlé ?

Aaron hocha la tête. Oui, il connaissait bien cette tribu. C'était la seule à vivre dans ce désert qui était réputé pour être mortel, jamais personne n'osait s'y aventurer que cela soit les humains ou les intemporels d'ailleurs.

— Oui mon père m'a parlé de vous et de son amie, Solaïa, elle est la chef de votre tribu c'est cela ?

— C'est correct, répondit la femme en souriant.

— Vous n'allez guère rester très longtemps en ces lieux, ils vont vous ramener dans leur tribu, vous y serez beaucoup plus en sécurité, expliqua l'humain.

Edwin venait de réaliser que s'il existait un tel village peuplé d'intemporels et d'humains alors il était plus que probable qu'il en existe un autre.

— Je devrais partir à la recherche de villages comme le vôtre, à nous tous nous pourrions former une armée et vaincre Edgar.

— Pas si vite, Edwin. Oublierais-tu que ta vie est en danger sur ces terres ?

— Ce sont mes terres, Alyssa.

— Ce n'est plus tout à fait vrai, reprit l'humain. Depuis la mort de votre grand-père, les terres de Lionnegard se sont divisées et chacun s'est octroyé un morceau de terre, un titre qu'il veut garder à tout prix. Vous devez savoir, Edwin, que votre retour ne va pas faire plaisir à tout le monde. Intemporels comme humains, j'entends bien.

Le jeune Holking avait conscience que la vie suivait son cours lorsque son grand père, feu le roi, était mort. Le peuple avait dû se débrouiller seul pendant toutes ces années, certains avaient même dû passer des pactes pour rester en vie dans cet enfer gouverné par Edgar. Alors oui, pour certains sa présence serait sûrement bienfaitrice mais pour d'autres elle ne serait pas acceptée peut-être même rejetée.

9

LE COMPTE RENDU

Aymeri Smérold traversait les jardins du château, les pieds claquant contre la pierre et sa cape noire voletant derrière lui. Son visage était déformé par la haine, sa mâchoire était tellement contractée que ses dents lui faisaient mal, mais il en avait cure. Sa colère était tellement intense que si quelqu'un lui avait parlé à ce moment-là, il l'aurait probablement tué pour se soulager de toute cette frustration accumulée. C'est donc d'un pas rageur qu'il traversait les longs couloirs du château, avec le peu d'hommes qui lui restait. Cillian n'avait eu aucune pitié, lui et ses hommes avaient tué sans aucune vergogne presque toutes les capes noires. Les intemporels suivaient Aymeri, la tête baissée, aucun n'osait émettre le moindre son de peur de s'attirer les foudres de l'homme. C'est donc dans une ambiance glaciale que le fils d'Edgar pénétra les grandes portes de la salle du trône en les faisant claquer avec pertes et fracas contre les murs. L'homme, fou de colère, n'avait même pas pris le temps de s'agenouiller face à son père.

— Où est le garçon ?

Edgar se leva de son trône dans ses habits noirs et blancs. Ses cheveux blancs étaient impeccablement coiffés et sa barbe parfaitement taillée, son regard noir était posé sur son fils, le visage impassible, il dégageait une grande froideur.

— Il a pris la fuite lorsque nous nous sommes fait attaquer par mes chers cousins, répondit ironiquement son fils qui tremblait d'une fureur contenue.

Les poings du roi s'étaient immédiatement serrés, ce n'était absolument pas une nouvelle réjouissante. Si la nouvelle de la survie d'Edwin Holking venait à filtrer à travers le royaume, cela l'impacterait sérieusement, lui qui avait affirmé qu'il l'avait tué.

— Prends autant d'hommes que nécessaire et repars à sa recherche. Reviens ici seulement pour m'annoncer qu'il est mort, pas avant, menaça sombrement son père.

— Bien, dit Aymeri en repartant.

Le château royal n'avait pas vraiment changé depuis la mort du roi Leander c'était plutôt l'ambiance qui était différente, tout était plus austère, impersonnel, glacial, c'était sans couleur, sans gaieté. Aymeri partit à la recherche de son cousin, le troisième fils d'Arthémo Smérold et il savait parfaitement où le trouver.

— Tu es encore dans ces foutus jardins.

Ezékiel Smérold, était assis sur un banc devant un arbre aux fleurs rose pâle. C'était toujours là qu'il s'asseyait pour contempler l'ensemble des jardins et le château qu'il connaissait bien. Combien de fois s'était-il promené dans ces jardins en compagnie d'Elena Holking ? Les couloirs du château n'avaient aucun secret pour lui, toutes les alcôves, les recoins, les passages secrets. Il les connaissait par cœur pour avoir espionné sous le nom de Lord Layan pour le compte d'Edgar Smérold.

— De toute évidence, c'est le seul endroit où tu ne viens jamais, répondit Ezékiel.

Aymeri n'aimait pas les fleurs, il n'aimait pas les animaux, ni les créatures et il exécrait par-dessus tout les humains. À part sa personne, le pouvoir et l'argent, il n'aimait pas grand-chose, tout comme son père, il était insensible à tout ce qui ne le touchait pas.

— Pourquoi est-ce que tu n'as pas tué ce gamin lorsqu'il est né ? Tu as pourtant eu maintes occasions de le faire, accusa Aymeri.

Il omettait volontairement de lui hurler qu'il n'aurait pas besoin de courir après le gosse et qu'il aurait pu éviter toute ces humiliations. Mais Aymeri était un homme fier et il était hors de question d'avouer publiquement ses échecs, alors il parlait normalement.

— Pour la même raison que toi, tu ne parviens pas à le faire. Il y avait toujours quelqu'un ou quelque chose pour m'en empêcher, dit-il de manière désinvolte.

Ezékiel n'était pas dupe, il savait parfaitement que son cousin rencontrait beaucoup de difficultés, sinon pourquoi aurait-il pris la peine de venir jusqu'à lui pour lui demander cela. Aymeri n'allait certainement pas le dire mais son cousin était bien plus puissant que lui et il savait qu'Ezékiel pouvait être encore plus vicieux, alors s'il avait vraiment voulu tuer le morveux, il l'aurait fait.

— Tu n'y croyais pas non plus n'est-ce pas ?

Le fils d'Edgar n'avait jamais cru en la prophétie des anciens. Il était impossible qu'une union entre un intemporel et une humaine donne naissance à un sang-mêlé. D'abord parce que l'intemporel qui se liait à un humain savait, en parfaite connaissance de cause, que sa marque s'effacerait. C'était une terrible conséquence puisque sans marque, l'intemporel ne possédait plus ses facultés, il devenait un être parfaitement ordinaire. En suivant la logique, un enfant naissant d'une union de la sorte n'était rien d'autre qu'un humain.

— Non, effectivement, admit Ezékiel. Je ne pensais pas qu'il pouvait s'agir d'Edwin Holking. Caelia n'avait plus sa marque et le gamin ne présentait, à l'époque, aucune prédisposition à la maitrise des éléments.

— Nous devons le retrouver.

— Le retrouver n'est pas un problème, indiqua Ezékiel pensivement.

Il se leva pour accompagner son cousin, Aymeri ordonna à ses troupes de se rassembler en rang. Les mains derrière le dos le fils d'Edgar parcourait les allées, le visage fermé, il ne laissait rien paraître.

— Comme vous le savez Holking est vivant et il est sorti de son trou, ce qui n'est certainement pas une bonne chose. Sa simple présence pourrait donner des idées aux rebelles et cela n'est vraiment pas à souhaiter. Alors, nous allons partir et le tuer, je tiens à vous préciser que nous ne reviendrons pas tant que cela n'est pas fait, s'écria-t-il.

— Ce ne serait pourtant pas la première fois que l'on échoue, dit l'un des hommes en faisant ricaner un petit groupe dans les rangs.

Celui-ci se croyait certainement très malin mais, avant que son cousin n'intervienne, Ezékiel s'était déplacé telle une ombre pour être en face de l'intemporel.

— Cependant ce sera, sans nulle doute, la dernière fois pour vous, répondit Ezékiel d'une voix polaire, faisant cesser immédiatement le ricanement des autres qui avaient parfaitement compris le sous-entendu.

— Holking n'est peut-être qu'un sale morveux mais il a l'avantage de recevoir beaucoup d'aide et ce n'est pas peu dire, alors nous allons devoir ruser, reprit Aymeri en fusillant tous ses hommes du regard, les obligeant à baisser la tête.

— Et nous faire discret, rajouta Ezékiel. D'après les premières constatations nous pouvons déjà affirmer qu'une attaque de front n'est pas une bonne décision. Nous devons privilégier un endroit isolé, loin de toutes forêts et de créatures susceptibles de lui venir en aide, continua-t-il.

— Cela fait beaucoup de conditions, constata l'un des hommes en relevant la tête pour regarder Ezékiel.

— Autant de conditions qui nous donneront toutes nos chances, alors veillez à les respecter. Cela étant réglé, je ne saurais que trop vous conseiller de vous reposer car cela sera bien la dernière nuit correcte que vous passerez, continua-t-il avant de partir dans une envolée de cape.

Ezékiel n'était pas particulièrement ravi de partir avec son cousin et tous ces idiots qu'il osait appeler son armée. Il connaissait particulièrement le tempérament enflammé d'Aymeri, c'était un homme incontrôlable. Le troisième fils d'Arthémo Smérold retourna dans ses quartiers en traversant ces couloirs noirs qu'il exécrait par-dessus tout, il détestait cet endroit, cela lui rappelait sans cesse des souvenirs qu'il préférait nettement oublier. Quant au fils d'Edgar, il festoya avec plusieurs autres hommes, pendant une longue partie de la nuit, goutant le bon vin, venu des caves du château .Le lendemain, Ezékiel leva les yeux au ciel en voyant l'état dans lequel ils étaient tous. Le teint livide, les yeux à moitié fermés, ils étaient tous dans un état plus ou moins catastrophique, certains titubaient pendant que d'autres riaient parce que l'herbe était verte, cela faisait vraiment peine à voir. Mais le frère de Cillian soupira franchement lorsque ses yeux se posèrent sur son cousin et surtout sur ce qu'il tenait à bout de bras. Aymeri anticipa déjà sa réaction.

— Tu seras bien content de les avoir pour rattraper Holking lorsqu'il s'enfuira, une nouvelle fois.

Ces créatures aux allures de chien, nommées Drakanoir, étaient beaucoup plus grosses et plus puissantes, leur corps n'était que musculature et leurs dents acérées ne donnaient pas envie de les approcher. Elles avaient des poils courts noirs, luisant à la lumière du jour et dans la nuit, seuls leurs yeux rouge sang étaient visibles. Loin d'être gentilles, elles avaient été dressées dans l'unique but de chasser et c'était un domaine dans lequel elles excellaient.

— Ce sont des créatures impulsives qui se laissent guider par l'odeur du sang.

— Elles m'écoutent, ne t'en fais donc pas cousin. Bien, nous allons nous terraporter au dernier endroit où nous avons vu Holking, celui que je vous ai montré hier sur la carte, ensuite les drakanoirs renifleront les traces pour nous guider.

Chacun disparaissait ayant à peine touché l'écorce de l'arbre de sa main, seuls les drakanoirs couinèrent au moment de disparaitre. La terraportation était certes efficace mais elle n'était pas agréable puisqu'une fois aspiré, il y avait cette impression de compression et de vitesse excessive qui leur retournait l'estomac.

— Faites leur sentir cela et ensuite lâchez-les, ordonna l'homme en tendant un morceau de tissu noir.

Il provenait d'un des habits d'Edwin, celui-ci s'était déchiré pendant qu'Aymeri les poursuivait dans la forêt, avant que ses cousins mettent la main sur ce morveux horripilant. À peine lâchés les drakanoirs s'étaient élancés à travers la forêt enneigée, le museau collé au sol. Parfois, ils reniflaient les troncs d'arbre avant de s'élancer dans la direction à suivre. La forêt fut traversée très rapidement, ils passèrent à côté de la falaise qui cachait le village d'Interuo, sans plus y prêter attention que cela, continuant leur marche tantôt lente et tantôt rapide, guidés par les créatures sombres.

— On dirait bien qu'ils ont pris la direction des collines dorées. Faire le trajet à pied serait du suicide, dit un intemporel. Nous pouvons nous terraporter de l'autre côté.

Aymeri s'était retourné furieusement vers l'homme.

— Nous n'allons certainement pas nous terraporter au risque de perdre la trace du gamin, s'emporta-t-il. Crois-tu qu'il s'agit d'un jeu ?

— N-n-non mon seigneur, bégaya l'homme en jetant un coup d'œil au drakanoir qui grognait dans sa direction.

— Non évidemment ! s'écria-t-il en s'écartant de l'homme. J'ai le malheur de vous annoncer qu'Edwin Holking a plus d'importance aux yeux de mon père, que vous. Et il préférable que vous mourriez en ayant contribué à sa capture, croyez-moi.

— Pourquoi ça ? osa demander un autre homme. Ezékiel, se demandait, parfois, comment son oncle avait bien pu assiéger le château de Lionnegard avec des abrutis pareils. Il préféra répondre à la place de son cousin pour éviter d'entendre ses hurlements.

— Il est évident que si vous revenez au château sans Holking votre mort sera bien plus atroce et bien plus douloureuse que ce que vous pouvez vous imaginer dans votre petite tête d'écervelé, sombre imbécile !

Les hommes d'Edgar lui faisaient penser parfois aux drakanoirs, ils n'étaient pas vraiment faits pour être intelligents mais pour exécuter ce qu'on leur ordonnait.

— En route maintenant, nous avons assez perdu de temps ! dit-il en menant la marche.

10

LE PARADIS SOUS TERRE

Le désert était connu notamment pour ses températures extrêmes, la nuit il faisait extrêmement froid jusqu'à geler les lacs tandis que la journée, les températures étaient suffocantes, à la limite du respirable. Edwin et ses deux amis avaient fait routes sur les chevaux tandis que les intemporels de la tribu Sandman marchaient à côté, pieds nus, leurs grands bois couleur sable tenus dans leur main qu'ils utilisaient pour marcher. Mais les adultes avaient une connaissance aiguisée de ces lieux et ils savaient où marcher et se reposer sans risquer d'être malades ou blessés. Leofortis avait même fini par les rejoindre pour le plus grand bonheur d'Edwin, même si le jeune homme fut surpris de voir que sa robe n'était plus blanche mais de couleur ordinaire pour un lion. Mais c'était soi-disant normal, Alyssa lui avait expliqué que c'était une espèce de lion à part, il avait sa fourrure d'hiver et celle d'été pour passer inaperçu. Marchant tranquillement, le petit groupe était loin de se douter qu'à une demi-journée de marche d'eux Aymeri, Ezékiel et une cinquantaine d'homme marchaient dans leur direction. Les drakanoirs menaient la marche, ces créatures ne craignaient ni la chaleur, ni le froid, leur peau s'adaptait parfaitement à tous types de climats. Nous ne pouvions pas en dire autant des intemporels qui luttaient contre le froid la nuit et mouraient de chaud la journée. Mais malgré cette difficulté, les deux cousins savaient parfaitement que le terrain était parfait pour se saisir du garçon Holking.

— Monseigneur, plaida un homme en s'écroulant au sol, épuisé.

Aymeri allait vitupérer contre l'intemporel, mais une main sur son bras l'en empêcha.

— Il serait peut-être bon de nous reposer quelques heures avant de reprendre la route, suggéra son cousin en lui lâchant le bras.

— Nous repartirons demain, à l'aube, concéda finalement Aymeri en voyant tous ses hommes étalés au sol.

Ce soir-là fut la fin de la traversée des collines dorées pour le trio, les deux intemporels s'étaient arrêtés dans un chemin entre deux collines. L'un d'eux avait fait tournoyer son bois au sol, faisant apparaitre un puits de sable.

— Allez-y, sautez ! dit l'homme en faisant un signe de tête à Aaron.

Sans hésiter, le garçon métis s'élança le premier, disparaissant dans le sol, les deux autres à sa suite. Le trio était descendu par le plafond en atterrissant sur un sol rocheux, d'un long couloir étroit. Deux des adultes s'étaient saisis des torches accrochées aux murs, pour les guider à travers le couloir et très vite Edwin et ses amis assistèrent à une vue des plus magnifiques. C'était spectaculaire.

— C'est splendide, murmura Alyssa en tournant sur elle-même, ses yeux fixés sur la roche.

A l'entendre, Edwin était persuadé qu'elle aussi n'avait jamais vu un tel spectacle de beauté. Même Aaron qui n'était jamais vraiment impressionné par ce qu'il voyait , avait ses yeux émerveillés par ce que la nature leur offrait. La tribu était rassemblée devant un feu de camp, éclairant les pierres. Celles-ci brillaient sous la lumière et cela ressemblait à des millions d'étoiles de plusieurs couleurs. Avec la fraicheur de la caverne, le feu de camp et toutes ces pierres qui scintillaient, ils avaient l'impression d'être à la belle étoile.

— Bienvenue dans la tribu des Sandman ! Je suis honoré de vous avoir parmi nous jeune Holking, je suis Solaïa.

La femme dégageait quelque chose de puissant et de rassurant, cet air sévère mais ce regard attendrissant, donnait à Edwin l'envie de lui faire confiance. Il lui serra la main.

— Je suis Edwin. Edwin Holking. Mais ça, vous le savez déjà, répondit-il en souriant. Et voici mes amis, Aaron et Alyssa.

— Enchantée, dit-elle en hochant la tête pour les saluer, en même temps qu'elle lâchait la main du jeune héritier. J'ai grandi au royaume d'Otulas avec Maïeul, nous avons passé de très bons moments au palais, dit-elle en s'adressant au garçon métis. Venez, nous commencions à manger, dit-elle après un moment de silence en les conduisant au centre de la caverne, près du feu.

Assis, en cercle, autour du feu avec les intemporels, le trio se vit remettre de grandes feuilles remplies de nourriture dans les mains.

— Merci, répondit chacun d'entre eux à l'homme qui leur donna à manger.

Solaïa les observait pendant un moment, alors que le silence n'était coupé que par la braise et le bois qui craquait.

— J'ose imaginer jeune roi, que vous connaissez l'histoire qui a donné la réputation à ce désert et qui a contribué à l'ascension même de votre famille ?

Edwin releva la tête pour regarder l'homme assis plus loin en face de lui.

— Non, dit-il en le regardant dans les yeux. Je ne connais pas cette histoire mais peut-être pourriez-vous me la conter ? osa-t-il

L'homme se leva sans rien dire. Edwin ressentait quelque chose de menaçant chez lui. Alors qu'il était face au feu qui crépitait, l'intemporel donna un coup avec son bois, dans les flammes puis toutes les étincelles s'élevèrent au-dessus des têtes.

— Il y a fort longtemps, commença-t-il alors que les braises et le feu prenaient la forme des collines dorées, un clan de lions vivait sur ces terres. On racontait que c'était le plus ancien, le plus dangereux et le plus indomptable des clans qui puissent exister au monde.

Alors que l'homme commençait à conter l'histoire qui fit naitre la famille Holking, les flammes prenaient la forme d'un lion.

— Aucun des premiers hommes qui vivaient dans le nord du territoire de Lionnegard , ne pouvait franchir ses terres pour rejoindre le sud sans risquer de se faire tuer. Alors que les intemporels se terraportaient d'un bout à l'autre, les humains eux, le contournaient toujours.

Les yeux d'Edwin alternaient entre l'homme et les flammes, il était concentré sur chaque mot qui sortait de la bouche de l'intemporel. Il était surpris de constater qu'il connaisse l'histoire de sa famille, une famille qui était pourtant censée être détestée par les intemporels.

— Mais un jour, alors qu'une famille humaine rejetée par son propre clan marchait sur une route sinueuse, elle fut prise à parti par des intemporels. L'issue fut funeste pour cette famille, puisque la fille de l'humain fut grièvement blessée. Sa seule chance de survie se trouvait au sud du territoire, il y avait là-bas, un guérisseur disait-on.

Edwin n'était pas le seul à écouter attentivement l'histoire que racontait l'homme, Alyssa et Aaron étaient également très attentifs, le regard focalisé sur les flammes qui prenaient des formes différentes au gré des mots que prononçait l'intemporel.

— L'homme n'eut pas d'autre choix que d'emmener sa femme, son fils et sa fille traversant les terres hostiles pour sauver cette dernière.
L'intemporel marqua une pause.

— Pendant deux jours et deux nuits, ils n'avaient pas croisé l'ombre d'un lion. Ce n'est que le troisième jour alors que l'horizon montrait une vaste verdure qu'ils furent obligés de s'arrêter. Là, devant eux, un lion dont la taille dépassait nettement celle d'un félin normal s'était interposé, avec derrière lui, tout un clan qui les empêchait d'avancer.

Les battements du cœur d'Edwin s'accéléraient, pris dans l'histoire il se demandait quelle fin allaient-ils connaitre ?

— Il n'y avait aucune échappatoire et ils n'avaient aucune chance face à ce lion qui pouvait, s'il le voulait, ne faire qu'une bouchée d'eux. Le fils s'était jeté sur l'immense lion avec sa lance en sommant à sa famille de courir.

Edwin ne quittait pas les flammes des yeux qui représentaient l'histoire que contait l'homme.

— La bataille entre le lion et le jeune homme fut impressionnante, bien trop occupé le garçon n'avait pas vu que, plus loin dans la forêt, son père venait de se faire tuer par un autre félin en voulant sauver sa femme et sa fille. Il fut cependant alerté par les cris de sa mère et alors pris d'une colère sourde, il planta sa lance profondément dans le corps du lion en même temps que celui-ci déchirait son torse d'un violent coup de patte.

Le trio avait la bouche en 'o' en regardant la violence de la représentation des flammes pendant l'explication de l'homme.

— Alors que le lion et le jeune homme étaient tous les deux aux portes de la mort, on raconte qu'une part du lion s'est immiscée dans le corps du garçon, les sauvant tous les deux.

Dans les flammes qui illustraient les paroles de l'homme, tous pouvaient voir le jeune homme se relever en décalant le corps du lion.

— Miraculeusement, le jeune homme avait pu rejoindre sa mère et sa sœur dans la forêt sans qu'aucun des autres lions ne le touche. Malheureusement sa sœur ne survécut à ses blessures et sa mère succomba, quelques semaines plus tard, de la douleur due à la perte de son mari et de sa fille. Le jeune homme fut respecté à travers tout le royaume et le nom Holking devint puissant. Edwin n'en revenait pas, c'était vraiment passionnant comme histoire et c'était celle de sa famille, il était vraiment fier.

— On raconte que si les Holking sont aussi courageux, c'est parce qu'une part du lion vit en eux. Ce n'est pas un hasard si cette famille est à la tête du royaume depuis des siècles.

Alors que le feu crépitait normalement, l'héritier de Lionnegard conservait son regard sur l'homme. Pressentant qu'il n'avait pas encore fini son monologue.

— Nous n'avons pas particulièrement d'affinités avec les humains et en toute honnêteté nous avons détesté feu le roi Leander Holking. Mais nous devons admettre que devant cette histoire nous avons une certaine admiration pour votre famille, qui malgré ses opinions et ses convictions a toujours fait preuve de courage et s'est toujours battu vaillamment.

Le garçon brun aux mèche de feu se leva.

— Je vous remercie pour ça et pour votre honnêteté, dit-il sincèrement.

L'homme hocha la tête, tout en se rasseyant. À ce moment-là, il était déjà très tard alors finalement tout le monde s'endormit pendant que le feu s'éteignait dans la nuit. Le jeune sang-mêlé passait beaucoup de temps à regarder les pierres briller dans l'obscurité sans parvenir à trouver le sommeil.

— Tu devrais dormir, dit Alyssa

Elle se tourna vers lui de façon à ce que sa tête repose sur sa main.

— Toi aussi, répondit-il le dos à plat et le regard vers le plafond.

— Je n'y arrive pas.

Le garçon n'avait pas réengagé la conversation tout de suite.

— George disait que l'âme de tous ceux qui nous quittent monte au ciel et se transforme en une étoile. Lorsque la nuit tombait et que je levais la tête, il me disait que de là-haut ma famille veillait sur moi. Je me demande ce qu'il penserait de moi en me voyant maintenant, dit-il pensivement.

Son père s'était marié à une intemporelle, il ne pensait pas que cela aurait été un problème s'il l'avait vu côtoyer des intemporels. Mais le reste de sa famille ? Son grand-père Leander les haïssait, alors Edwin ne cessait de se demander ce qu'il penserait de lui en sachant qu'il avait une part d'intemporel en lui. Est-ce qu'il l'aurait détesté ? Peut-être l'aurait-il même renié pour ce qu'il représentait ?

— Je suis sûre qu'il serait fier de toi, murmura-t-elle

Edwin avait beaucoup de mal à y croire mais cela importait peu maintenant qu'ils n'étaient plus là. Le jeune homme se demandait si les intemporels pensaient la même chose, après tout il n'avait pas la même culture alors leur croyance était peut-être différente ?

— Est-ce que vous aussi, vous croyez que les étoiles représentent vos proches décédés ?

— C'est différent pour nous. Lorsqu'un intemporel meurt, nous l'enterrons puis juste au-dessus nous plantons son bois. Avec le temps, le bois se transforme en arbre et alors nous aimons à penser que son âme est présente à l'intérieur.

Edwin trouvait cela fascinant, cela donnait une forme à l'intemporel décédé et aidait d'une certaine façon, les vivants à se recueillir.

— Je pense que nous devrions dormir, dit-elle finalement d'une voix faible.

— Oui, tu as raison, répondit-il d'une voix ensommeillée en baillant.

11

LE RUGISSEMENT D'UN LION

Le soleil n'était pas encore haut dans le ciel, alors les températures étaient encore supportables dans le désert des collines dorées. Edwin monta sur le sommet de l'une d'elles et il avait le privilège de voir l'état sauvage dans toute sa splendeur. Il y avait des troupeaux de zèbres, des girafes et même des éléphants à proximité d'un point d'eau, un peu plus loin. Le garçon s'assit en laissant ses pieds pendre dans le vide. Il se sentait bien à l'ombre avec ce léger vent frais qui glissait sur son visage et sa nuque, décoiffant quelque peu ses cheveux, qu'il s'évertuait à garder coiffés et impeccables en tout temps. Il trouvait la vue apaisante et il s'y sentait en sécurité, là, assis sur ce rocher qui lui offrait une vue assez vaste de l'horizon. Néanmoins, le jeune homme sursauta légèrement quand il sentit une présence derrière lui. Alors qu'il se retournait doucement, son regard s'adoucit en voyant Leofortis qui s'allongea à ses côtés, le lion n'était jamais très loin de lui. Souriant, légèrement, Edwin continuait d'observer l'horizon et profitait de ce moment d'accalmie. Mais il fallait croire que ces moments de détente n'étaient jamais très longs, en bas une centaine d'hommes en capes noires faisait face à quelques membres des Sandman. Aymeri et ses hommes avaient repris la route dès l'aube et ils avaient fini par les rattraper, les surprenant tous.

Solaïa était persuadée qu'il n'allait jamais venir ici à cause de la sombre réputation de ces collines, mais elle avait de toute évidence sous-estimé la détermination d'Aymeri. Elle était néanmoins surprise de constater qu'autant d'hommes l'accompagnaient.

— Retrouvez le morveux, tuez tous ceux qui vous en empêcheront, ordonna Aymeri en partant de son côté.

Le groupe s'éclatait alors de tous les côtés en cherchant le fils d'Yvain et de Caelia, parfois en essayant de faire parler des membres de la tribu pour obtenir une piste. Edwin qui voyait cela du haut de sa position s'apprêtait à descendre, lorsqu'Aymeri arriva à ses côtés, le paralysant sur place.

— Tu croyais pouvoir t'en sortir comme ça, Holking ?

La voix froide claqua dans l'air telle un coup de fouet. Le visage d'Aymeri derrière son masque blanc était déformé par la haine, c'étaient bien les seuls sentiments qu'il laissait paraitre. Le fils d'Edgar se promit de mettre Edwin hors d'état de nuire, seul. C'était sa réputation qui était en jeu et il refusait catégoriquement que ce soit son cousin qui y parvienne. Ezékiel arriva à ses côtés mais tout en restant en retrait : il ne savait pour quelle raison son cousin se sentait inférieur à lui, mais c'était un fait. Il avait ce besoin continu de prouver qu'il était à sa hauteur et qu'il valait bien mieux que lui aux yeux de son père. Trop mature pour participer à cette compétition qui n'avait pas lieu d'être, le fils d'Arthémo, préférait observer son cousin se démener pour faire valoir ses valeurs, c'était parfois amusant à regarder. Edwin était plus choqué de voir l'homme de ses visions aux côtés d'Aymeri Smérold que de voir le fils d'Edgar Smérold. Il n'arrivait pas à croire que ce Lord Layan, cet intemporel qu'il avait vu du côté de sa famille, soit un traître. Il ne connaissait pas personnellement l'homme, mais à cet instant quelque chose se brisa en lui, comme lorsqu'il s'était aperçu que Monsieur Ilfried lui avait menti. Il se sentait trahi et profondément blessé. En continuant d'observer l'intemporel, le jeune homme ne s'aperçut pas que Leofortis devenait visiblement plus imposant, très menaçant envers Aymeri. Celui-ci regardait d'un air mauvais l'animal avant de s'adresser de nouveau au garçon d'une voix haineuse, le sortant de ses pensées.

— Alors, après les humains, tu es prêt à sacrifier les animaux pour ta misérable vie, toi le sang-mêlé.

— Je n'ai jamais cherché à ce qu'on se sacrifie pour moi, se défendit le jeune homme en sortant son bois de sa manche.

L'homme semblait encore plus en colère – si c'était possible – en le voyant faire.

— Tu peux paraître comme nous, te comporter comme nous et même avoir nos facultés, mais cela ne change en rien ce que tu es vraiment. Tu es un infâme sang-mêlé qui ne sera jamais accepté par les humains et encore moins par les intemporels, personne n'est prêt à accepter un être tel que toi ! hurla l'homme en plongeant vers Edwin avec son bois noir, tranchant.

Edwin n'en montra rien mais il avait – pendant une seconde – été terriblement blessé par les paroles de l'homme, avant qu'il esquive son coup et qu'il contre-attaque. Le rugissement que poussa le lion était absolument terrifiant, il fit fuir les oiseaux et effraya de nombreux troupeaux d'animaux. Edwin à terre, vulnérable, ne dut sa vie qu'à Leofortis qui sauta par-dessus lui pour s'attaquer à l'intemporel.

— Saleté de lion, grogna Aymeri en essayant de se dépêtrer des dents acérées et des griffes tranchantes du félin.

Le jeune homme laissa sa tête retomber au sol, épuisé, il remercierait plus tard le félin pour ces quelques secondes de répit qui lui permettaient de se reprendre.

— Qu'est-ce que tu attends pour m'aider ? persiffla l'autre à terre toujours en train de se débattre avec le lion.

Edwin s'élança vers Ezékiel dans l'intention de l'empêcher de venir en aide au fils d'Edgar. Mais l'intemporel, bien plus fort que lui, l'avait bousculé en le faisant tomber d'un simple mouvement de bois.

— Ne vois-tu pas que je suis réellement occupé, moi ?

Ezékiel, un sourire narquois, observait le spectacle adossé contre la pierre, les bras croisés contre son torse. De temps à autre il empêchait le gamin de l'approcher ou de s'approcher d'Aymeri en le faisant chuter au sol.

— C'est assez, s'écria l'autre toujours au sol en envoyant valser le lion contre le mur de pierre.

Aymeri se releva avec les vêtements déchirés, les cheveux dans tous les sens et le visage rouge, griffé. Il fit glisser son bois au sol envoyant un puissant souffle sur le lion qui se rapprochait rapidement vers la chute de la falaise, Edwin se jeta sur Leofortis en le rattrapant juste avant qu'il ne chute. Puis en hurlant, il se rua sur l'homme en le ceinturant. Il ne pensait pas avoir déjà ressenti une telle colère, une telle haine pour un individu, il pensait qu'à cet instant il serait capable du pire, il savait que si l'occasion se présentait alors il le tuerait. Et cela arriva. Par un heureux miracle, il réussit à prendre le dessus sur l'intemporel en plaçant son bois sous son cou et n'hésita pas à y mettre toute sa force pour l'étrangler.

Aymeri, déjà rouge, avait les yeux exorbités en direction de son cousin, le suppliant muettement de lui venir en aide. Ezékiel en levant les yeux au ciel, se sentit obligé d'intervenir et alors, d'un simple coup de bois sur le sol, Edwin fit un vol plané avant de s'écraser lamentablement quelques mètres plus loin tandis que l'autre se massait la gorge en se relevant avec difficulté.

— Qu'est-ce que tu attendais ? siffla l'autre d'une voix beaucoup moins menaçante qu'il ne l'aurait voulu et bien plus aigüe.

— Que tu me demandes, répondit l'autre d'une voix moqueuse avant de reprendre d'un ton sérieux, je me vois dans l'obligation d'intervenir puisque de toute évidence tu rencontres quelques difficultés face à un gamin qui ne sait même pas se saisir de son morceau de bois, c'en est affligeant.

— Non ! Tu me laisses faire, c'est entre lui et moi, murmura-t-il sans lâcher des yeux le gamin, tout en faisant tournoyer son bois dans l'air.

Aymeri était déterminé à lui faire payer. L'autre intemporel n'avait pas tout à fait tort, Edwin savait utiliser son bois mais en revanche il ne savait pas distinguer ce qui était un simple mouvement d'un autre servant à la maîtrise des éléments.

— Sois rapide ! dit Ezékiel de manière désinvolte.

— Je vais voir ce que je peux faire, répondit-il en tapant le bois au sol.

Il envoya une vague de poussière vers le garçon qui fermait les yeux et se protégeait de ses bras. Alors qu'une fois de plus le garçon échappait de justesse à une attaque, la main de l'homme frôla la sienne et il fut transporté dans l'esprit de celui-ci, revivant un moment de son passé.

Les images défilaient avec rapidité, prisonnier du corps de l'intemporel, il se voyait poignarder une femme à la longue chevelure dorée avant de la laisser choir au sol. Le petit garçon qui était à ses côtés s'était laissé tomber sur elle, ses yeux baignés de larmes. Edwin paniqua, lorsqu'il ressentit une grande vague de haine, voyant l'homme se diriger vers l'enfant : il sentait le bois dans sa main, se lever au-dessus de son épaule, il n'avait aucun doute sur ce qu'allait faire l'homme et il priait de toutes ses force pour sortir de son esprit. C'est donc dans un acte purement désespéré qu'il ferma les yeux pour ne plus rien voir de cette scène horrible, mais au lieu de cela et à son plus grand soulagement, il sentit son esprit se séparer du corps de l'homme pour retourner dans le sien.

Ezékiel se redressa en les observant tous les deux, les sourcils froncés en essayant de comprendre le mal qui semblait les traverser tous les deux.

Edwin s'écroula au sol, la vision trouble. Sa tête lui faisait tellement mal qu'il pouvait sentir chaque pulsation de son cœur résonner à l'intérieur de son crâne. Et cette douleur, cette sensation de tourbillonnement dans son corps, lui donnaient affreusement envie de vomir. Le jeune homme le savait, si l'autre en face de lui tentait quelque chose pour le tuer, il ne pourrait rien faire pour l'en empêcher. Le fils d'Arthémo était bien trop surpris pour tenter quelque chose. Quant à Aymeri il n'était guère dans un meilleur état que le sang-mêlé. L'intrusion dans sa tête l'avait atrocement fait souffrir, alors qu'il se la maintenait de ses deux mains, il avait l'impression qu'elle allait se scinder en deux. Il n'avait jamais, au cours de sa vie, ressenti une pareille douleur, il avait beaucoup de mal à s'en remettre. Cependant il n'avait pas eu d'autre choix que de forcer à se relever face à la tribu qui était parvenue à les rejoindre. Les Sandman s'interposèrent entre les deux hommes et le sang-mêlé. Solaïa n'avait pas vu ce qu'il s'était passé et imaginait simplement qu'il avait du mal à se remettre de leur combat.

— Edwin est-ce que tu vas bien ?

Un intemporel de la tribu l'aida à se relever avant de le placer à l'écart, hors de portée des deux hommes.

— O-oui, je crois que ça va, répondit-il doucement en se maintenant encore la tête.

Il n'avait encore jamais touché le passé avec un contact physique d'un individu, mais il espérait ne jamais renouveler cette expérience désastreuse et douloureuse. Les sentiments de l'homme s'étaient glissés en lui de telle sorte qu'il avait l'impression que c'était de lui que venait toute cette colère et cette haine, il avait paniqué lorsqu'il avait ressenti cette envie de tuer le petit garçon. Il était bien content d'être retour dans son corps avec ses pensées saines. Aymeri, lui, se relevait les yeux flamboyants de colère, il n'arrivait pas à comprendre ce qui s'était passé, ou au contraire, il comprenait mais ne voulait tout simplement pas l'admettre.

— Fichez le camp, pendant que vous le pouvez encore, cracha Aymeri en postillonnant.

Solaïa et ses hommes s'étaient dressés face au fils d'Edgar et avaient manipulé leurs bâtons en parfaite synchronisation avant de les remettre parallèles à leurs corps en les claquant sur le sol.

— Il va nous en falloir plus pour nous effrayer, Solaïa, dit Ezékiel d'un ton moqueur.

La femme le fusilla du regard et voulait lui arracher cet air supérieur mais elle ne pouvait pas s'en prendre à lui et cet imbécile le savait parfaitement. Arthémo avait interdit à quiconque de s'en prendre à son fils malgré sa trahison évidente.

— Vous n'avez rien à faire ici, c'est notre territoire, répliqua-t-elle froidement.

— Ces terres appartiennent au roi de Lionnegard et nous agissons sous ses ordres, si vous ne nous remettez pas le garçon vous serez alors coupables de haute trahison envers la couronne, cracha Aymeri.

— Dixit celui qui abrite un traître dans ses rangs, répondit Solaïa en regardant avec insistance Ezékiel. Edgar n'est que le roi des imbéciles, ajouta-t-elle satisfaite d'énerver Aymeri sachant qu'il ne lui fallait pas grand-chose pour lui faire perdre son sang-froid.

Ezékiel n'était nullement blessé par les paroles de la femme, il paraissait même amusé contrairement à son cousin qui serrait tellement fort son bois qu'il aurait pu le casser.

— Je ne te le répèterai pas une nouvelle fois. Nous sommes responsables de la destruction de beaucoup de villages intemporels, ne m'oblige pas à ajouter le tien à ma liste, menaça le fils d'Edgar.

— Je crois que tu n'as pas bien compris Aymeri, dit la femme en avançant d'un pas pour lui faire face. Sur nos terres, le danger ce n'est pas vous, c'est nous et si tu tiens tant que ça à avoir Edwin alors tu vas devoir nous affronter.

— C'est si gentiment demandé que je ne peux refuser, s'écria-t-il en envoyant une envolée de terre sur la tribu, il aimait commencer en douceur avec les éléments.

L'ensemble des capes noires avait rapidement rejoint Aymeri et lancé les Drakanoirs sur la tribu, mais plusieurs félins leur étaient venus en aide et se jetèrent avec rage sur les sombres créatures. Pas tout à fait remis de son saut dans le passé, Edwin n'eut pas d'autre choix que de continuer à se battre pour sa survie et celle de ses amis.

— Partez, dit Solaïa sans se retourner vers les adolescents. Partez maintenant, s'écria-t-elle en lançant du sable qu'elle embrasa en direction des intemporels pour donner un peu de temps aux jeunes.

Ils n'avaient pas le choix, ils devaient reconnaître que face à eux, ils n'avaient aucune chance. Contre leur gré, le trio finit par fuir accompagné de Leofortis qui se jetait sur les intemporels qui tentaient de s'approcher d'eux.

— Allez, plus vite ! s'écria Aaron alors que les deux autres peinaient à le suivre, probablement épuisés.

Le combat entre les deux camps était impressionnant pour quiconque n'avait jamais observé ça. Les Sandman envoyèrent plusieurs tornades de sable sur les hommes en face, les hommes d'Edgar les renvoyaient vers eux, complètement enflammées. Finalement la tribu en était venue à bout en les transformant en grandes bulles remplies d'eau et s'en était servies pour emprisonner les intemporels aux capes noires à l'intérieur. La tribu improvisait ensuite une chorégraphie synchronisée pour envoyer les bulles d'eau à toute vitesse contre un mur de pierre et sous le choc, elles éclatèrent. Les intemporels, trempés, s'écrasèrent lamentablement au sol.

— Te rends-tu seulement compte que vous allez à l'encontre de la nature ? Mais quel genre d'intemporel es-tu ?

Solaïa s'approchait doucement d'Aymeri qui essayait de reprendre son souffle, son dos endolori n'avait pas apprécié sa rencontre brutale avec le mur.

— Nous sommes de ceux qui pensent plus grand, répondit-il en souriant alors que du sang sortait de sa bouche. Nous ne sommes pas esclaves de la terre, nous sommes ses maîtres, dit-il en crachant sur le sol.

Solaïa ne savait pas ce qui l'énervait le plus entre ses paroles ou son sourire amusé plaqué sur son visage ensanglanté, elle méprisait l'intemporel qu'il était devenu.

— Tu n'es qu'un parasite Aymeri et tu fais honte à notre peuple, continua-t-elle.

La chef de la tribu baissa son bois qui était jusqu'alors pointé sur l'homme. Il n'y avait plus rien à faire pour lui, il était fou, complètement fou. Aymeri pinça de ses doigts une petite tige de fleur qui ressortait de la terre avant de disparaître subitement. Les autres hommes n'avaient guère mis très longtemps à le suivre dans sa fuite.

Ezékiel était désormais le seul intemporel vêtu de noir à faire face à la tribu, enfin ce qu'il en restait. Il avait été plus malin que tous ses semblables et ne s'était pas fait avoir par les bulles d'eau géantes. Mais à présent seul, il était bien conscient qu'il ne pouvait pas faire grand-chose, de plus le garçon n'était plus là. Ce n'est que lorsqu'il s'était terraporté que tous avaient pu souffler de soulagement mais aussi de dépit en constatant que beaucoup de combattants avaient péri dans cette bataille. Des morts, c'était tout ce que causait le règne d'Edgar Smérold sur les terres de Lionnegard. Loin de ce triste spectacle, les adolescents étaient montés en haut d'une montagne au niveau d'une grotte, il commençait à faire froid mais ils ne pouvaient pas allumer de feu, au risque de se faire repérer. Tous les trois regardaient l'horizon sans pouvoir voir si les Sandman s'en étaient sortis face aux autres et si tout allait bien pour eux, chacun des trois jeunes se sentait inutile et impuissant à ce moment-là.

— Nous ne pouvons pas y retourner c'est beaucoup trop dangereux, murmura Aaron en devinant les pensées de ses deux amis.

— Cela serait plus simple si je me livrais à eux, soupira Edwin.

Il n'en pouvait plus de voir tous ces gens se faire tuer à cause de lui, alors qu'il ne pouvait rien faire pour eux, cela le rongeait de l'intérieur.

— C'est hors de question, s'époumona Alyssa en se levant subitement. Peut-être que les choses se calmeraient pendant un temps, mais les plans d'Edgar vont bien au-delà de ta mort Edwin. Tu n'as pas le droit d'abandonner tous ceux qui comptent sur toi, dit-elle plus calmement.

— Elle a raison tu sais, reprit Aaron en tournant la tête vers son ami. Ta mort causera beaucoup plus de problèmes que ta vie, alors reste avec nous s'il te plait, dit-il en le regardant intensément.

Edwin finit par hocher la tête, convaincu.

12

LA FORÊT SAUVAGE

Les hommes de Cillian s'étaient directement terraportés après les collines dorées, pensant retrouver le trio là-bas comme il était convenu avec la tribu des Sandman, cependant ce ne fut pas le cas. Le frère de Timoléon avait reçu un écho de la part de Solaïa qui l'avait prévenu de ce qu'il s'était passé avec Aymeri, le trio avait fui mais aucun d'eux ne savait où il se trouvait présentement. Bien qu'il sache que le garçon Holking était toujours en vie – sinon Aymeri se serait déjà vanté de l'avoir tué – il était inquiet quant à leur état de santé, ils devaient retrouver le trio et rapidement. Sans aucun indice, la petite armée s'arrêta finalement dans un village humain. Ils ne furent, évidemment pas bien accueillis. Le regard qu'ils avaient récolté de la part d'un fermier, qui tirait son âne sur le chemin du village, était haineux et n'invitait certainement pas à la discussion. Mais le fils ainé d'Arthémo voulait s'assurer que le trio ne s'était pas réfugié ici et espérait obtenir – peut-être – des informations sur un éventuel passage en ces lieux. Mais pour obtenir cela, il devait forcément prendre contact avec les humains, ce qui n'était pas chose aisée, Cillian n'avait pas la patience avec eux, alors il désigna son frère.

— Et pourquoi ce serait moi ? s'exclama-t-il en fusillant son frère du regard.

Timoléon était le plus tolérant mais cela ne voulait pas dire qu'il aimait forcément faire la conversation avec eux.

— Parce que c'est toi, répondit Cillian dépourvu d'arguments convaincants.

Timoléon n'était pas d'accord.

— C'est bien toi le plus avenant face aux humains, cela devrait être un honneur pour toi, dit Cillian de façon sarcastique.

Timoléon s'engageait finalement avec quelques hommes, alors que les autres étaient restés en retrait pour éviter d'effrayer plus que nécessaire les humains. Il n'y avait que très peu de personnes sorties et dès que les gens les voyaient, ils s'empressaient de rentrer chez eux en se barricadant Les volets de la plupart des maisons étaient fermés et il n'y avait aucun enfant qui jouait à l'extérieur, c'était triste et morne. Tout ce qui rompait ce silence pesant étaient les poules et le bruit d'une hache qui coupe le bois.

— Par ici, dit Timoléon en faisant signe aux autres.

Doucement, le groupe d'intemporels s'approchait à l'arrière d'une cour où un homme aux cheveux grisonnants et une barbe de quelques jours, coupait du bois, courbé comme s'il portait le poids du monde sur ses épaules.

— Qu'est-ce que vous me voulez ? dit-il soudainement en continuant ce qu'il faisait.

L'homme avait bien senti la présence des hommes, sans pour autant en être effrayé, et même s'il ne relevait pas la tête, il perçut dans son champ de vision les grands morceaux de bois que tenaient les hommes. Il n'avait aucun doute, il s'agissait d'intemporels puisque de toute façon aucun humain ne s'arrêtait jamais ici.

— Nous recherchons trois jeunes gens qui auraient pu passer dans votre village, les avez-vous vus ?

L'homme cessa finalement ce qu'il faisait pour se retourner face aux intemporels, son visage dévoilait toute sa fatigue et son épuisement, il faisait peur à voir.

— Avez-vous bien regardé autour de vous ? Il n'y a plus rien ici, les animaux fuient et nous mourrons tous, les uns après les autres. Qu'est-ce que des jeunes personnes viendraient faire par ici ? demanda l'homme en appuyant ses mots avec le manche de sa hache.

— Ce n'était qu'une simple demande.

— Et ce n'est qu'une simple réponse, répondit le vieil homme en balayant puissamment l'air avec sa hache pour trancher d'un coup sec sa bûche en deux.

Plusieurs des intemporels firent un pas en arrière en le voyant faire, serrant fortement leurs bois de peur qu'ils finissent, eux aussi, coupés en deux.

— Partons, personne ne nous sera d'aucune utilité ici, murmura Timoléon en faisant volte-face avec les autres.

— Mais j'ai bien vu des adolescents traverser cette forêt, s'éleva la voix du vieil homme qui avait attendu que l'intemporel se retourne de nouveau. Ils parlaient de rejoindre le nord des terres.

Le vieil homme continuait de couper son bois sans même leur jeter un coup d'œil, Timoléon pensait qu'il avait tout dit puisqu'il ne parlait plus.

— Merci, dit-il

— Et bien ? demanda Cillian en voyant son frère revenir.

— Ils partent au nord, dit-il en le dépassant.

Maïeul n'était pas rassuré pour autant, cela faisait plusieurs jours qu'il avait perdu la trace des trois adolescents. Aymeri était devenu introuvable et il n'avait plus de nouvelle des Sandman, il se demandait ce qui avait bien pu se passer dans ce désert.

— Il ne doivent pas être très loin, dit Maïeul.

Les jeunes intemporels de moins de seize ans ne pouvaient pas se terraporter en raison de leur lien avec la nature qui n'était pas encore totalement complet. Ils devaient donc chevaucher ou faire route à pied mais dans tous les cas, ils auraient dû les rattraper depuis longtemps.

— Continuons. De toute façon en faisant route vers le nord, ils vont à un moment donné s'arrêter au château du gouverneur Matthew Andrews. Ils ne pourront pas aller plus loin, décréta Cillian.
Timoléon tourna sa tête, méfiant.

— Te voilà bien renseigné.

— J'ai passé pas mal de temps sur ces terres avec Ezékiel. Il serait dommage que je n'en tire aucune connaissance.

— Des connaissances qui ont bien servi à Edgar, n'est-ce pas ?

Cillian discerna bien le ton amer de son frère, leur rapport était conflictuel depuis qu'ils avaient quitté le Palais d'Otulas pour accompagner Ezékiel. Ils étaient encore jeunes lorsqu'ils avaient pris cette décision, seulement un tout petit peu plus vieux que le trio. Ils avaient toujours soutenu qu'ils étaient partis en reconnaissance des terres de Lionnegard. Mais lorsqu'un jour Cillian était revenu sans leur frère ainé et que plus tard, Timoléon avait appris qu'Ezékiel s'était fait enrôler dans les rangs de son oncle, il avait hurlé à la trahison. Depuis ce jour, c'était très tendu entre les deux frères.

— Edgar savait déjà tout cela.

— Tu mens ! s'exclama Timoléon.

— Tes pensées sont parfois tellement primaires que je me demande si tu n'as pas des gènes d'homania, dit Cillian un brin moqueur.

Timoléon fit subitement volteface en sortant son bois de sa manche.

— Répète un peu pour voir, siffla-t-il

— Qu'est-ce que je disais, répondit son frère en le dépassant, ignorant sa colère.

Alors que Maïeul suivait l'échange des deux frères, légèrement amusé, un peu plus loin devant eux, Aymeri et Ezékiel suivaient eux aussi la trace du jeune sang-mêlé. Le fils d'Edgar n'était pas bavard et son cousin avait bien remarqué qu'il était perdu dans ses pensées. Lorsqu'il mentionnait l'épisode du duel avec le garçon, Aymeri se braqua. En fait, il ne cessait de repenser à l'étrange échange qu'il avait eu avec cet avorton et il ne voulait pas expliquer ce qu'il s'était passé à Ezékiel parce que quelque part ce serait avouer ce que Edwin Holking était capable de faire. Il préférait penser que ce n'était qu'un hasard ou un coup de chance, il était de toute façon hautement improbable qu'il soit en mesure de maîtriser quelque chose d'aussi puissant et complexe que le toucher du passé, même son père, pourtant puissant ne gérer pas cela.

— Monseigneur ! appela un intemporel.

L'homme était un peu plus loin devant eux, accroupi au sol, il tenait d'une main le drakanoir et de l'autre il touchait quelque chose au sol.

— Qui y a-t-il, Dran ?

Aymeri s'approcha de l'homme aux longs cheveux blonds attachés en catogan.

— Ce sont des traces de pas et elles sont fraîches, ce qui signifie qu'ils ne sont pas très loin, expliqua-t-il en se relevant.

Le fils d'Edgar suivait des yeux les traces de pas incrustées dans la neige qui commençait doucement à fondre. Elles s'étendaient devant lui, le trio ne devait effectivement pas être loin et Ezékiel comprit tout comme son cousin, où les jeunes se rendaient.

— Ils vont tout droit au château de ce vieux fou d'humain, indiqua Aymeri.

— Matthew Andrews possède une flotte de bateaux. Si cet imbécile leur en fournit un, alors ils iront directement sur l'autre continent et seront donc, sous la protection d'Arthémo Smérold, constata avec horreur un autre homme à la longue barbe rousse.

— Assez de tes pleurnicheries, Malaric, tempêta Aymeri.

— En plus de cela, il possède une armée puissante. On dit que tous les chevaliers encore vivants de la bataille entre Holking et le roi Edgar ont trouvé refuge là-bas, continua un autre.

— C'est certainement pour cette raison que le jeune Holking se rend là-bas, leur indiqua Ezékiel.

— Nous devons l'en empêcher ! Il ne doit plus nous échapper, s'écria Aymeri dont la panique commençait à s'insinuer en lui suite aux paroles des hommes.

— M-mais il nous échappe à chaque fois, indiqua un autre.

Sa petite voix criarde agaçait tout le monde, c'était un petit homme assez potelet et de nature couard. Celui-ci avait hésité avant de prendre la parole, mais finalement les mots étaient sortis tout seuls de sa bouche avant même qu'il y réfléchisse. D'un imperceptible mouvement de bois, le fils d'Edgar réussit à faire tomber une branche sur la petite tête idiote de l'homme. Aymeri avait complètement oublié qu'il l'avait emmené avec eux, celui-là. Il était vraiment désespéré pour en arriver à un tel point.

— Aïe, couina-t-il en se maintenant la tête avec l'une de ses mains tandis que les autres ricanaient, moqueurs.

— Hâtez-vous ! s'écria Aymeri

Le groupe d'hommes masqués aux vêtements sombres avançait tels des prédateurs entre les arbres, dans la pénombre de la forêt. Inconscient du danger tout près qui le menaçait, le trio d'amis continuait sa route parmi les énormes racines d'arbres, l'endroit était tout sauf accueillant et chaleureux et la nuit ne faisait qu'exacerber le mauvais pressentiment d'Edwin.

— Pourquoi est-ce que cet endroit ne me plaît pas ? Pas du tout même, rajouta-t-il en se retournant alors qu'une branche avait craqué.

— Il existe des endroits, comme des forêts, qui sont fidèles à Edgar Smérold. Nous avons eu beaucoup de chance jusque-là d'avoir trouvé de l'aide.

Ce n'était pas pour rassurer le jeune homme, encore plus méfiant dorénavant.

— Bizarrement je ne pense pas que cet endroit nous sera d'une quelconque aide, dit-il en jetant un coup d'œil partout, même derrière lui, surtout derrière lui.

— D'où proviennent ces bruits, demanda Aaron en se retournant, lui aussi était sur le qui-vive.

Le cœur d'Edwin commençait à s'accélérer, comme s'il sentait que quelque chose allait se produire et son instinct se confirmait puisqu'au moment où il allait lever son pied pour faire un pas, une chose s'enroulait autour de sa cheville et l'empêchait de faire un pas de plus. En penchant doucement sa tête, appréhendant déjà ce qu'il allait voir, il ferma ses yeux de dépit en constatant qu'il s'agissait d'une de ces racines d'arbres qui le maintenait fermement, il ne pouvait plus soulever son pied.

— Je crois que j'ai un problème, dit-il avant de chuter au sol.

Il cria alors que la racine le tirait avec force en arrière, il plantait ses ongles dans la terre pour se retenir mais cela ne suffisait pas. Edwin était paniqué. Aaron courait dans sa direction en tenant son bois à deux mains essayant de rattraper son ami. Mais finalement ce fut Leofortis qui, sorti de nulle part, griffa la racine en rugissant, la coupant net. Cela eu pour conséquence de libérer la cheville du garçon mais également de donner le signal aux arbres pour qu'ils lancent à pleine vitesse les branches et les racines sur eux.

— COUREZ ! hurla Alyssa qui était devant eux, plus loin.

Les deux garçons s'élancèrent à toute vitesse vers la jeune fille en esquivant au mieux les attaques des arbres, qui faisaient tout pour se saisir d'Edwin. Il fallut une seconde pour que le jeune thérianthrope soit déconcentré et la chute fut inévitable, aussitôt tous ses membres furent entravés par les racines et les branches. Edwin guidé par son instinct, porta vite des coups avec son bois sur celles-ci pour libérer son ami de ses attaches.

— Merci, dit Aaron en saisissant la main tendue avant qu'ils ne repartent en courant.

La jeune fille un peu plus loin, se battait en duel avec les branches.

— Eh bien, vous en avez mis du temps, dit-elle.

— Oui et nous en avons assez perdu, répondit Edwin en reprenant sa course l'entraînant avec lui au passage.

Le trio continuait à courir à travers la forêt sans penser que toute cette agitation avait réveillé les drakanoirs non loin d'ici. Aymeri et les hommes qui l'accompagnaient, possédaient encore quelques-unes de ces créatures encore vivantes après le combat contre la tribu Sandman. Et leurs sens étaient particulièrement développés de sorte qu'ils pouvaient ressentir les vibrations au sol, au moment même où le trio essayait d'échapper aux arbres.

— Debout ! Réveillez-vous, s'écria Aymeri en secouant tous les hommes avec son pied.

Le fils d'Edgar avait décidé de laisser passer la nuit afin de reprendre la route le lendemain mais apparemment, il ne dormirait pas jusque-là. Les drakanoirs tiraient avec force sur leurs liens demandant implicitement à être détachés.

— Détachez-les ! Qu'est-ce que vous attendez ? En route, hurla-t-il

13

LE GRAND SAUT

Le souffle court. Des bruits de pas rapides. Le trio courait à travers la forêt sans s'arrêter, sans jamais prendre le temps de se retourner, seule l'adrénaline leur permettait de tenir le coup. Le danger était tout près, derrière eux et il approchait à grande vitesse. Mais un moyen de lui échapper se présenta devant eux, ils arrivaient devant un puit assez large, sombre pour ne pas dire noir, il était impossible de voir ce qu'il y avait à l'intérieur. L'air qui s'en dégageait était glacial, cela ne donnait vraiment pas envie de s'y jeter.

— Nous devons sauter à l'intérieur.

Edwin regarda son amie comme si une seconde tête lui poussait. Mais celle-ci restait parfaitement sérieuse et ne semblait même pas inquiète.

— Alyssa, on ne sait même pas ce qu'il y a dedans. C'est peut-être pire que toute cette forêt, s'exclama Edwin raisonnablement.

— Fais-moi confiance, dit-elle. Allez vas-y !

— Très bien, dit-il finalement en sautant le premier, les yeux fermés.

La chute libre ne dura qu'une seconde avant de poursuivre sur une descente boueuse que le garçon parcourait à grande vitesse. Il fut presque heureux de voir des lucioles, elles l'éclairaient dans la descente, mais rapidement le tunnel se divisa en deux parties, Edwin n'avait aucune idée du bon chemin à prendre.

— Gauche ! À gauche Edwin, s'écria Aaron qui était juste derrière lui.

Le sang-mêlé dut se pousser, à l'aide de son pied, en appuyant sur la paroi boueuse pour se projeter sur le passage de gauche. Aaron le suivit mais Alyssa n'y parvint malheureusement pas. Son pied avait complètement dérapé et à défaut de tourner sur la gauche, elle s'était retrouvée à plat ventre en fonçant à toute allure dans le passage de droite. Aaron aurait probablement éclaté de rire en d'autres circonstances mais ce n'était pas le bon moment et surtout pas l'endroit. Il s'avérait que maintenant il avait un autre problème et celui-ci était nettement plus grave.

— Edwin prend le passage de gauche ! s'écria-t-il soudainement.

L'héritier de Lionnegard suivit toutes les indications du brun jusqu'à ce qu'ils atterrissent sur les fesses en plein milieu d'un village intemporel. Aaron guida son ami pour qu'ils se cachent derrière des tonneaux et Edwin comprit la raison en avisant les hommes en cape noire.

— Où est Alyssa ? s'inquiéta-t-il soudainement en réalisant que la jeune fille n'était plus avec eux.

— Elle n'a pas réussi à prendre le bon chemin. Normalement nous aurions dû prendre celui de gauche pour sortir mais son pied a dérapé et maintenant elle doit être quelque part dans le village, murmura-t-il en conservant son regard sur les intemporels aux capes noires.

— Mais comment savais-tu que c'était le chemin de gauche et comment connaissais-tu l'existence de ce village ?

— Au moment même où nous commencions à descendre j'ai réalisé qu'il s'agissait d'un de nos nombreux passages secrets et Alyssa devait le savoir bien avant c'est pour cette raison qu'elle était si sûre d'elle. Il y en a plusieurs dans chaque village et ils sont confectionnés toujours de la même façon, à droite nous atterrissons chez nous et à gauche cela nous emmène vers une sortie. Ces issues ont été mises en place pour que les jeunes échappent plus vite aux humains en cas d'attaque.

— Nous allons devoir la retrouver sans se faire repérer, dit Edwin.

Il y avait des intemporels masqués tous les dix mètres à chaque coin de mur. Dans chaque alcôve et dans tout le village. Edwin était sans aucun doute le garçon le plus recherché du royaume de Lionnegard, il fallait être vraiment vigilant. Et encore, cela risquait de ne pas être suffisant. Les deux garçons mirent leurs capuchons en baissant la tête et se glissèrent parmi les intemporels du village.

Ils adaptaient leur allure pour qu'elle n'ait pas l'air trop rapide et donc suspecte mais malgré ça, des gardes posèrent un regard insistant sur eux. Il est vrai que leur cape tachée de boue ne les aidait pas à se rendre discrets.

— Edwin, murmura Aaron

— Oui, j'ai vu répondit-il en commençant à allonger ses pas.

— Eh ! Vous là-bas, s'écria un des intemporels en cape noire.

Les deux jeunes marchaient encore plus vite sans même se retourner et bousculant quelques personnes au passage.

— Faites donc un peu attention, râla une femme alors qu'ils avaient renversé son panier au sol, éparpillant ses fruits.

— Attrapez-les ! s'exclama soudain l'intemporel en se lançant à leur poursuite avec d'autres hommes.

La course poursuite débutait mais les deux garçons ne savaient pas exactement quel passage prendre, alors ils tournaient en rond dans tout le village. Alyssa, qui n'était pas très loin, fut alertée par un boucan monstre, il y avait des cris, des fracas, elle pensait que cela ne pouvait pas être un hasard. Ses doutes sur la provenance de tout ce raffut furent vite balayés lorsqu'elle entendit son prénom être hurlé à pleins poumons. En levant les yeux au ciel elle courut pour rejoindre les garçons. Tous les deux passaient par tous les chemins, les croisements et les passages qu'ils trouvaient sans jamais savoir où ils allaient. Edwin pensait qu'ils avaient au moins fait trois fois le tour de l'allée principale, lorsqu'enfin au détour d'un couloir, il se cogna à la jeune fille.

— Eh bien, on peut dire que vous ne faites pas dans le discret vous deux, dit-elle légèrement amusée.

— On fait ce qu'on peut, rétorqua Edwin en haussant les épaules, un sourire sur les lèvres.

— Est-ce que tu sais comment on sort d'ici ? demanda Aaron précipitamment.

— Il me semble avoir repéré une sortie non loin d'ici, suivez-moi !

Le trio de nouveau constitué filait à toute allure à travers les stands, sautant par-dessus des caissons et les chargements d'approvisionnement renversés. Finalement, grâce à la jeune fille et au bout de plusieurs minutes de course, ils sautèrent dans un trou assez épais fait dans le mur sans hésitation cette fois.

— N'oublie pas Edwin, tout le temps à gauche ! s'écria Aaron qui était devant lui, derrière Alyssa.

— Ce n'est pas à moi qu'il faut dire ça, s'exclama-t-il moqueur en faisant référence à la jeune femme.

Mais alors que la jeune fille passait sur le chemin de gauche, tout comme Aaron, Edwin vit de ses yeux impuissants le passage se refermer. Un intemporel, derrière lui en était le responsable. Le jeune homme dut tirer avec ses mains la terre boueuse pour se donner plus de vitesse et accroître l'écart entre lui et l' intemporel. Aaron dans l'autre chemin fit exploser le tunnel plus loin créant ainsi un passage. Voyant cela de loin, Edwin se propulsa dedans, de telle sorte qu'il passa devant son ami. Le garde intemporel s'apprêtait à les rejoindre mais il s'écrasa contre le mur, Aaron ayant refermé le passage juste à temps. Le trio éclata de rire en entendant le bruit sourd de l'homme qui s'écrasait contre la paroi en jurant. Le bout de la descente ne fut vraiment pas agréable, c'était mouillé et gelé, les jeunes atterrissant dans un grand cours d'eau, cette scène avait des airs de déjà-vu. Mais contrairement à la dernière fois, tout ici n'était que danger et ce cours d'eau très large n'était pas particulièrement rassurant en pleine nuit. Pendant ce temps-là, l'intemporel à la cape noire retournait dans le village avec fureur, il se dirigea vers un petit groupe d'hommes.

— Envoyez un écho à Aymeri Smérold et dites-lui que le garçon est ici ! Et sortez tous pour le retrouver, MAINTENANT ! hurla-t-il en balançant son masque brisé au sol, dans un geste rageur.

Les trois jeunes se laissaient porter par le cours d'eau car rejoindre la rive et traverser la forêt sauvage était bien plus dangereux pour eux. Mais ils déchantèrent très vite en voyant la chute d'eau au loin.

— Oh non, non, non, répéta Edwin dans une litanie paniquée alors qu'il était impossible pour eux de faire demi-tour ou de rejoindre le large, le courant étant devenu trop fort.

Les hommes d'Edgar n'avaient mis que très peu de temps avant d'apparaître de chaque côté du rivage. L'un des hommes somma aux adolescents de s'accrocher aux rochers, situés au centre. Alyssa et Aaron s'exécutaient tous les deux mais pas Edwin qui pensait ne pas pouvoir s'en sortir s'ils parvenaient à l'attraper.

— Edwin ! hurla Alyssa en le voyant se rapprocher dangereusement du bord de la falaise.

La jeune fille pensait que c'était à la limite du possible de survivre à une telle chute et même si c'était le cas, en bas les tourbillons pourraient finir de l'achever.

— Edwin, s'écria-t-elle en le suppliant de céder.

Il ne restait plus qu'un dernier rocher avant la chute. Il ne répondit pas à la jeune fille. Il était hors de question qu'il cède aux intemporels, ils le tueraient au moment même où il se rendrait. Alyssa s'accrochait au rocher en regardant désespérément le brun se diriger vers la chute. Impossible de savoir si c'étaient des gouttes d'eau ou des larmes qui humidifiaient ses yeux en regardant le jeune homme disparaitre en même temps qu'un flot d'eau. Aaron, les yeux écarquillés, regardait son ami partir. Il ne pensait pas qu'Edwin était capable d'une telle chose. Était-ce de la pure folie ou un courage que lui seul possédait ? Certainement, les deux.

Alyssa ferma les yeux en même temps que les autres intemporels les récupéraient, elle et Aaron, dans des bulles d'eau. Ils s'écrasèrent lamentablement au sol lorsque les hommes avaient éclaté les bulles sur le rivage.

— Vraiment débile comme gamin. Enfin, nous voilà débarrassés de lui !

Alyssa eut envie de se jeter sur l'homme pour lui faire ravaler ses paroles cruelles, elle voulait l'étrangler pour toute cette frustration, le taper pour les avoir épuisés, et se défouler sur eux tous pour tout le mal qu'ils causaient et le plaisir qu'ils y prenaient. Mais elle était trop accablée et ses jambes tremblaient littéralement à chaque pas qu'elle faisait, à ce moment précis, elle était bien incapable de s'attaquer à eux.

— Avancez tous les deux, ordonna l'un des hommes en se saisissant rapidement de leurs bois avant de les bousculer en avant.

Les deux jeunes intemporels furent enfermés dans un cachot de la ville souterraine. Aucun des deux ne savait ce qu'il allait advenir d'eux maintenant qu'Edwin n'était plus là. Mais la jeune fille crut entendre qu'ils allaient les garder jusqu'à ce qu'Aymeri Smérold arrive, au cas où, il voudrait les interroger.

— Est-ce que tu penses qu'il a pu s'en sortir ?

— J'espère en tout cas, murmura Aaron.

Le cachot n'était pas très grand, il faisait froid et le sol était humide. L'endroit idéal pour y trouver des rats, pensait la jeune fille inquiète. Chacun des deux amis était assis, au sol, le dos contre le mur. Ils attendaient.

— Ils sont là, entendirent les deux jeunes au bout d'un très long moment.

Aymeri, Ezékiel et les autres hommes qui les accompagnaient s'étaient regroupés devant l'alcôve qui enfermait les deux jeunes personnes. Le fils d'Edgar leur avait lancé un regard mauvais avant de s'adresser au commandant.

— Où est Holking ?

— Mort, répondit-il

— Mort ? reprit Ezékiel d'un ton sec en haussant les sourcils. Et peut-on savoir dans quelles circonstances ?

L'homme ne voulut pas répondre, après tout, il ne devait rien à Ezékiel Smérold mais le regard d'Aymeri l'obligea à s'expliquer.

— Il s'est laissé tomber dans la chute d'eau et nous savons que même pour un intemporel, une telle chute est mortelle.

Si Aymeri semblait satisfait de la tournure des évènements et plutôt ravi d'entendre ce fait, ce ne fut pas le cas pour Ezékiel. Celui-ci ne croyait pas l'homme.

— Et vous avez trouvé son corps, je suppose ?

— Bien sûr que non, s'exclama le commandant.

Il regardait alternativement Aymeri et Ezékiel en espérant que le fils d'Edgar lui viendrait en aide, parce qu'il était bien plus effrayé par le fils d'Arthémo.

— Donc comment pouvez- vous être sûrs qu'il soit mort ? Possédez-vous une preuve de son potentiel décès ? L'avez-vous seulement vu s'écraser dans la mer ? questionna l'homme d'une voix tranchante.

Ezékiel possédait l'aura puissante et imposante des Smérold que beaucoup craignaient. C'est pourquoi un grand nombre d'hommes reculait d'un pas en laissant le commandant se débrouiller tout seul.

— Mais enfin c'est impossible de survivre à une telle chute ! affirma-t-il avec conviction.

— Faites attention à ce que vous affirmez, monsieur le commandant. Une erreur telle que celle-ci dans une guerre est une faute que vous paieriez de votre vie, dit-il doucereusement.

Cette menace sous-jacente eut le mérite de faire blêmir l'homme.

— Cesse de faire peur à ce brave homme, Ezékiel. Festoyons plutôt ! dit Aymeri en tapant dans ses mains.

Ezékiel n'avait guère envie de festoyer. Il ne croyait pas à la mort du garçon même s'il devait admettre que la hauteur de la chute d'eau était certainement fatale à tout être vivant. Holking était une personne à part qui ne cessait de l'impressionner, donc l'avenir de la planète était trop dépendant de son existence pour que cela se termine de cette façon.

— Je veux que vous me montriez le point de chute d'Holking, ordonna-t-il à l'un des soldats.

— Ezékiel ! s'exclama Aymeri avant de s'approcher de lui tout en posant son bras autour de son cou. Ezékiel, reprit-il en souriant à pleines dents, détends-toi cousin, si tu y tiens tant que ça, nous irons jeter un coup d'œil aux chutes demain, finit-il en lui glissant un verre de vin dans les mains.

— Si tu insistes, dit-il en contenant son exaspération face à l'attitude désinvolte de son cousin.

— J'insiste, affirma-t-il en le lâchant et en levant son verre. A notre monde, s'exclama-t-il haut et fort.

— À NOTRE MONDE, répétèrent les intemporels.

De leur côté, Alyssa et Aaron cherchaient désespérément un moyen de sortir de l'alcôve dans laquelle, ils étaient enfermés. Les gardes poussèrent le vice jusqu'à déposer leurs bois sur un support du mur à bonne distance pour que les jeunes ne les attrapent pas mais pas assez loin pour qu'ils aient l'espoir d'y arriver. Après moult essais, les jeunes abandonnèrent l'idée de réussir jusqu'à ce qu'un coup de vent rapproche les bois. Alyssa, qui vit ce qu'il s'était passé, essaya de nouveau et se retint de pousser une exclamation de joie en attrapant son bois puis celui d'Aaron. Aaron fit rapetisser le sien de sorte qu'il puisse le bloquer entre deux barreaux avant de le saisir de ses deux mains et de le faire de nouveau grandir et faire sauter le verrou.

— Parfait, s'exclama la jeune fille lorsqu'il y parvint sans difficulté.

Le duo s'échappa de nouveau par une issue en plongeant encore dans le cours d'eau mais cette fois-ci, ils regagnèrent la rive avant d'atteindre la chute d'eau.

— Bon qu'est-ce qu'on fait maintenant ?

— On retrouve Edwin, dit Aaron déterminé.

14

LE CHEVALIER DE L'OUBLI

Un bruit sourd faisait vibrer le sol, les petits grains de sable sautaient de plus en plus à mesure que le bruit se rapprochait. C'étaient des chevaux qui galopaient tout autour du château, dessus des chevaliers patrouillaient. La bâtisse était l'une des rares à tenir encore debout depuis qu'Edgar Smérold était au pouvoir de Lionnegard. D'un point de vue humain, les remparts à la couleur du sable étaient infranchissables. Mais d'un point du vue intemporel, cela ne ressemblait qu'à un vulgaire château de sable, rien de plus. Les chevaliers sous les ordres de Lord Andrew veillaient sur la protection des lieux, il y avait entre ces murs une grande partie des survivants du château royal. Matthew Andrew qui avait toujours été un très bon ami de Leander Holking, représentait la dernière figure d'autorité pour le peuple humain.

— Galaad ! appela un des chevaliers en descendant de son cheval.

Sir Isaac Galaad, s'était réfugié ici avec les autres survivants du château de Lionnegard, vêtus encore de leurs armures aux couleurs de l'étendard des Holking. Ils étaient considérés comme étant des résistants au règne d'Edgar Smérold. Le chevalier guida son cheval pour lui faire faire demi-tour, tranquillement il s'approcha de l'autre homme.

— Qu'est-ce que…

Il descendit de son cheval alors que l'autre lui montrait un corps allongé au sol, face contre terre.

— Un intemporel ? demanda Isaac

— N-non je ne crois pas, hésita l'homme en regardant le poignet du jeune homme inconscient.

— Comment ça, tu ne crois pas ? demanda-t-il en s'approchant.

Il prit le poignet du garçon et le choc le saisit immédiatement. Ce n'était pas possible, comment par tous les dieux le fils d'Yvain avait pu atterrir ici ? Parce que, oui, il en était sûr, il s'agissait d'Edwin Holking. La cicatrice sur son poignet était celle qu'il avait récolté pendant la grande bataille, le jour où il avait perdu ses deux parents.

— Tu connais ce garçon ? demanda l'autre en voyant son expression de confusion.

Isaac n'en revenait pas de revoir le garçon, ici, inconscient, après toutes ces années.

— Est-ce qu'il est mort ? s'inquiéta-t-il soudainement.

— Je dirais que non, mais il n'en est pas loin.

— Par tous les dieux ! Aide-moi, nous devons le ramener à Myriama, dit-il en commençant à redresser le corps du garçon.

La femme se démenait pour soigner le jeune homme qu'elle avait reconnu au moment même où Sir Galaad l'avait déposé sur le lit. Elle reconnaîtrait le garçon entre mille, même s'il avait beaucoup grandi et qu'il était devenu un jeune homme, ses traits Holking, elle ne pouvait pas les oublier.

— Comment diable a-t-il pu arriver jusqu'ici ? Qu'a-t-il bien pu se passer ? demanda la petite femme.

— Quel que soit le motif de sa présence ici, cela n'annonce rien de bon, murmura Isaac qui était légèrement en retrait, devant le lit du garçon. Gardez sous silence son identité le temps que je m'entretienne avec Lord Andrews.

La femme hocha la tête en continuant de s'adonner aux soins, concentrée sur son patient. Sir Galaad s'apprêtait à rentrer dans le bureau du Lord, lorsqu'un petit groupe d'hommes en sortit au même moment. Les visages n'étaient pas aimables, fermés, le regard noir rempli d'une colère à peine dissimulée, le chevalier se demandait qui ils étaient et ce qu'ils faisaient ici. Il espérait que cela n'avait pas de rapport avec l'arrivée d'Edwin.

— Isaac, salua Lord Andrew d'une voix mesurée en le faisant entrer.

L'homme était de corpulence moyenne, assez grand, son visage marqué était blême comme s'il avait appris une mauvaise nouvelle et qu'il ne voulait pas le montrer. Il avait l'âge qu'aurait dû avoir Leander Holking maintenant, c'est-à-dire un âge très avancé. C'était un homme solitaire, il n'avait ni femme, ni héritier et tout ce qu'il possédait était son titre et ce château. Le bureau était à l'image de l'homme, froid. Il n'y avait rien de personnel ici, seulement un tableau le représentant et tout était en ordre, rangé au millimètre près.

— Est-ce que vous allez bien, Lord Andrew ?

L'homme ne répondait pas, concentré à remplir deux généreux verres d'alcool fort.

— Asseyez-vous, répondit-il enfin en lui tendant un des verres. Edwin Holking est vivant, murmura-t-il du bout des lèvres.

Isaac Galaad essayait d'afficher sa surprise mais il n'était pas un comédien et il trouvait particulièrement bizarre que l'homme lui dise cela étant donné que lui venait juste de retrouver le garçon sur la plage.

— C-comment pouvez-vous en être sûr ?

Matthew Andrews n'était pas particulièrement à l'aise, et s'il ne le connaissait pas aussi bien, Isaac aurait pu jurer qu'il était nerveux.

— Les intemporels. Les hommes d'Edgar Smérold le recherchent activement dans tout le royaume, selon leurs dires, il paraitrait que le garçon cherche à rejoindre le royaume d'Otulas.

Sir Galaad avait maintenant sa réponse. Edwin était parvenu jusqu'ici parce que sa vie était menacée mais ce qu'il ne comprenait pas c'est pourquoi voulait-il rejoindre le royaume de l'homme qui voulait sa peau ? Il faudra qu'il lui pose la question une fois qu'il sera sorti de son inconscience. Perdu dans ses pensées, l'homme ne vit pas que le gouverneur l'observait.

— Que savez-vous, Sir Galaad ?

Ce fut au tour du chevalier d'être mal à l'aise, il ne pouvait pas cacher un tel secret à cet homme, lui qui avait toujours tout fait pour la survie de son peuple.

— Edwin est ici.

Andrews fronça les sourcils en se redressant sur son siège.

— Comment ça, il est ici ? Vous voulez dire dans le château ?

Isaac hocha la tête en reposant son verre.

— Nous l'avons trouvé inconscient sur la plage.

— Par tous les dieux, murmura l'homme en finissant son verre d'un seul coup.

Ce que Lord Andrew ne disait pas au chevalier de Lionnegard, c'était que le groupe d'hommes qui venait de quitter son bureau étaient des intemporels et ils étaient venus jusqu'ici pour s'assurer que le garçon n'était pas ici.

— Personne ne doit savoir qu'il est dans ce château, vous m'entendez Sir Galaad, personne, insista-t-il en pointant l'autre homme du doigt.

— Et si par un hasard inattendu cela se savait ?

L'homme plus âgé qui se servait un deuxième verre d'alcool tourna sa tête vers Isaac, l'expression grave.

— Alors vous, moi et tous ceux dans ce château mourront. Il y a entre ces murs des intemporels qui peuvent en un mouvement de bâton détruire tout ce que nous avons construit.

— Je vais prévenir Myriama, dit le chevalier en se levant.

— Cette femme est également au courant, chuchota d'une voix colérique le Lord.

— Bien évidemment, elle l'a reconnu alors qu'elle lui apportait les soins nécessaires étant donné son état plus que critique en arrivant ici.

Sans un mot de plus, Isaac partit le retrouver en se promettant de veiller continuellement sur le garçon. Edwin Holking était le fils d'Yvain, un homme qu'il avait toujours considéré comme son frère. Il était aussi le filleul d'Elena, cette femme qu'il avait aimée ainsi que le petit-fils de Leander, celui à qui il avait prêté allégeance jusqu'à la mort. Il ne le laisserait pas mourir et n'autoriserait personne à le trahir. De son côté, Edwin commençait doucement à se réveiller et il ne se rappelait pas ce qu'il s'était passé ; il faut dire que cette lumière éblouissante ne l'aidait pas vraiment à se souvenir. Son corps était courbaturé de telle sorte qu'il avait la sensation de s'être fait piétiner par un troupeau de chevaux. Mais le matelas sur lequel il était, lui apportait un certain confort et le rassurait quelque peu, ses ennemis n'auraient jamais pris la peine de se soucier de son état de santé, n'est-ce pas ?

— Eh bien, je n'y croyais plus ! s'exclama une femme en arrivant dans la pièce où était allongé le garçon. Elle avait pris soin de fermer la porte ainsi que les rideaux. Comment te sens-tu mon garçon ?

— Bien, balbutia-t-il en papillonnant des yeux, se sentant soudainement mal à l'aise comme si quelque chose n'allait pas.

— Bois ça, dit-elle en l'aidant à ingérer une sorte de liquide dégoutant.

Il grimaça.

— Peut-être que maintenant tu pourrais m'expliquer ce qu'il s'est passé pour que les chevaliers te retrouvent inconscient sur la rive, demanda-t-elle d'une curiosité à peine voilée.

Le jeune homme fronçait les sourcils en essayant de se souvenir. Il avait été avec Alyssa et Aaron dans la forêt, d'ailleurs où étaient ses amis ? Il essayait de se souvenir, il y avait eu le tunnel sombre, le village, les courants et la chute… La chute d'eau ! Oui, maintenant il se souvenait de s'être laissé emporter par les flots alors que les intemporels étaient à sa poursuite.

— C'est…compliqué, dit-il doucement sans pour autant répondre. Où sommes-nous ?

À en juger par la lumière du jour, le jeune héritier se savait être en compagnie d'humains, ce qui n'était pas plus mal. Il se sentait quelque part en sécurité, son peuple ne lui voudrait certainement pas de mal. Myriama voyait bien qu'il avait évité la question, il était méfiant, c'était normal après tout.

— Au château du Lord Andrews. Tu es en sécurité ici mon garçon, ne t'en fais pas, dit-elle d'une voix se voulant rassurante et posant sa main ridée sur la sienne.

Tout comme avec Aymeri Smérold, le garçon se sentit aspiré dans l'esprit de la femme sans qu'il puisse l'empêcher.

Tout défilait avec rapidité, il se voyait parcourir les couloirs du château, la femme discutait avec sa tante, Elena Holking mais il ne parvenait pas à entendre leur conversation. Il se sentait parler et il voyait les lèvres de la princesse bouger mais il n'entendait rien.

Aussi subitement que c'était arrivé, le garçon se sentit rejeté de l'esprit de la femme qu'il avait déjà vu dans sa toute première vision. Cette expérience avait été nettement moins désagréable que lorsqu'il était dans l'esprit chaotique de l'intemporel.

— J-je suis…

— Ne t'en fais pas pour ça, le coupa-t-elle en souriant. Repose-toi, je reviendrai plus tard, dit-elle en tapotant sa main.

Il avait finalement réussi à rejoindre ce château en un seul morceau, mais étrangement il n'en ressortait aucune satisfaction, son esprit était trop préoccupé et son inquiétude pour ses amis grandissait à mesure que le temps passait. Il n'avait pas réussi à se reposer ou très peu et lorsqu'enfin ses yeux se fermaient pour laisser le sommeil l'emporter, un homme vint lui rendre visite. Il était assez grand, massif et portait une armure aux couleurs des armoiries des Holking, il le reconnaissait puisqu'il l'avait vu plusieurs fois dans ses visions, c'était Sir Galaad. Il avait quelque peu vieilli et ses cheveux étaient nettement plus longs que dans ses visions du passé.

— Je suis content de vous revoir, Edwin, salua-t-il en s'asseyant près de son lit. Excusez mes manières : Sir Galaad, Isaac de mon prénom, dit l'homme en baissant la tête pour le saluer.

Edwin hocha la tête en ne mentionnant pas volontairement qu'il connaissait déjà son identité.

— Edwin Holking, répondit-il. Mais tout le monde semble savoir déjà qui je suis avant même que je ne me présente, dit-il en souriant légèrement.

— Votre famille est très ancienne et connue même dans les contrées les plus éloignées. Vous êtes à présent le seul survivant et les gens vous attachent une certaine importance, en sachant que vous êtes l'héritier.

— Je n'ai aucun mérite à être le dernier de ma famille, je n'étais encore qu'un jeune garçon lorsqu'ils se sont tous fait tuer au château. Je ne dois ma survie qu'à ceux qui m'ont sauvé la vie ce soir-là, dit le garçon en le regardant intensément.

Edwin savait parfaitement que c'était Sir Galaad qui l'avait sauvé avec ce Lord Layan, il l'avait vu dans ses visions mais évidemment il n'allait pas lui dire. L'homme baissa la tête en proie à une souffrance interne.

— Vous êtes bien le seul de votre famille que j'ai réussi à sauver, vous ne devriez pas en être autant reconnaissant, répondit l'homme amèrement.

— Vous savez, vous ne pouvez sauver les gens que dans la limite de ce qu'ils vous accordent, répondit le garçon.

Il savait de quoi il parlait puisqu'Alyssa avait essayé de le retenir pour qu'il ne se laisse pas emporter dans la chute d'eau, qui aurait pu lui être mortelle. Mais il ne l'avait pas écoutée.

— Vous avez peut-être raison mais les gens qui restent ne cesseront jamais de s'en vouloir pour ceux qui sont partis. Nous ne pouvons empêcher cette culpabilité de nous ronger sur ce qu'on aurait pu faire et que l'on n'a pas fait.

— C'est vrai, admit Edwin.

Isaac était content de revoir le garçon, il avait tellement changé bien qu'il ne ressemblait pas tellement à Yvain, il avait cette part de Holking en lui. Il sentait que le jeune homme avait une certaine maturité, une grande réflexion, tout comme Leander lorsqu'il parlait, cela lui faisait tellement plaisir d'entendre cela.

— Comment êtes-vous parvenu jusqu'ici ? demanda finalement l'homme.

— C'est…une très longue histoire, soupira-t-il avant de reprendre. Mais vous devez vous en douter les intemporels sont à ma poursuite, enfin, seulement les capes noires.

— Seulement les capes noires ? Je trouve que c'est déjà assez, rigola le chevalier.

Edwin avait oublié que les humains croyaient qu'Edgar Smérold était le roi des intemporels, il allait certainement devoir se lancer dans des explications pour qu'ils comprennent l'ampleur du mensonge.

— Ce n'est pas ce que je voulais dire, tous les intemporels ne sont pas à ma poursuite. Il y en a beaucoup qui m'ont aidé et je ne serais certainement pas là pour vous en parler s'ils ne l'avaient pas fait, avoua-t-il.

— Ce n'est pas une majorité, je suppose.

— Détrompez-vous ! Edgar ne possède pas une très grande armée. Certes elle est maintenant plus grande que celle qu'avait mon grand-père à l'époque mais il existe quelqu'un qui possède bien plus d'hommes que lui.

La curiosité d'Isaac fut piquée, il se demandait bien qui était cet homme et surtout comment se faisait-il que personne n'ait connaissance de son identité.

— Qui est-ce ? Demanda-t-il finalement.

— L'histoire serait bien trop compliquée à vous expliquer mais sachez qu'il s'agit du frère aîné d'Edgar. Arthémo Smérold règne actuellement sur le royaume d'Otulas et cela depuis toujours, il a lui-même banni son frère de ses terres.

Isaac le regardait abasourdi.

— Qu'est-ce que vous dites ?

— C'est difficile à croire, je sais. Mais c'est la vérité et nous allons certainement avoir besoin de lui pour reprendre possession des terres de Lionnegard.

— Alors c'est vrai, vous cherchez à rejoindre le royaume d'Otulas ? Vous allez quitter vos propres terres ?

Edwin se demandait bien où le chevalier avait pu entendre de telles informations alors qu'il n'avait pris sa décision que maintenant. Aaron et Alyssa lui avaient beaucoup parlé du royaume d'Otulas et lui avaient vanté les mérites du roi Arthémo, disant qu'il n'avait jamais rien eu contre les humains. La solution à leurs problèmes était sans aucun doute là-bas.

— Je vais faire ce que mon grand-père aurait dû faire, dit-il simplement en s'asseyant à travers son lit, il était sur la défensive.

— Leander Holking était quelqu'un de bien, qui se battait pour la justice. Il n'a peut-être pas toujours pris les meilleures décisions mais il a toujours fait ce qu'il pouvait pour son peuple, s'obligea à dire Isaac pour défendre l'honneur de son défunt roi.

Edwin hocha la tête.

— Vous êtes toujours fort loyal à la mémoire de mon grand-père et c'est quelque chose que j'apprécie. Même si je n'ai aucun souvenir de lui, j'ai ouïe dire que c'était quelqu'un d'admirable, ses erreurs n'effacent pas cela. Cependant, nous avons tous des défauts et des faiblesses et cela serait mentir, que de ne pas avouer, que l'intolérance qu'il vouait aux intemporels l'a amené là où il est maintenant, dit le garçon en regardant l'homme dans les yeux.

Isaac ne savait que penser de cela, il y avait tellement de choses qui n'allaient pas, tellement de trahisons et d'indifférence que parfois, il comprenait parfaitement toutes les décisions qu'avait pris le roi Leander.

— Les intemporels ont alimenté cette intolérance en décimant nos familles, nos amis, en pillant nos villages et en prenant notre royaume. Et vous pouvez dire qu'ils ne sont pas tous comme cela mais aucun de ceux qui ne sont pas loyaux à Edgar Smérold n'ont pris notre défense.

— Ceci est un fait. Mais nous savons qu'à cette époque Leander Holking aurait rejeté toutes alliances avec les intemporels, bien évidemment je ne rejette pas toute la faute sur lui. Edgar est bien plus responsable que quiconque de toute cette haine. Et j'admets bien volontiers que mon grand-père a eu beaucoup de cran et de courage durant cette bataille. Je ne peux que constater la détermination dont il a fait preuve pour défendre ses idées tout au long de sa vie.

Isaac était perturbé par l'image de ce que renvoyait Edwin. Il avait du Holking en lui, c'était indéniable. Mais il avait une partie plus forte encore qui ne venait pas de son grand-père, ni de son père, un côté encore plus puissant qui devait venir du côté de Caelia.

— Vous êtes différent, répondit-il simplement en l'observant, assez perturbé.

Myriama revint voir le garçon le lendemain pour s'assurer que son état ne s'était pas dégradé et qu'il allait mieux.

— Dites-moi comment avez-vous fait pour arriver jusqu'ici ? Sir Galaad pense que vous avez sauté de la falaise mais j'ai du mal à y croire.

— Hum… Eh bien, oui c'est ce qu'il s'est passé, admit-il. Les intemporels étaient à ma poursuite alors je me suis laissé emporter dans la chute d'eau, à ce moment-là, ils représentaient un danger bien plus fort que cette chute.

— Par tous les dieux, mon enfant ! Vous auriez pu mourir, dit-elle en recouvrant sa bouche sous le choc.

— Mais nul n'est plus déterminé qu'un Holking, n'est-ce pas Myriama ? Combien de fois, Leander vous a répété cela alors que vous lui prodiguiez des soins en vitupérant contre lui ? dit Sir Galaad alors qu'il faisait son entrée dans la chambre du blessé.
Il fit un clin d'œil au garçon.

— Bien trop de fois et ce n'est certainement pas un exemple à suivre, dit-elle en s'adressant à Edwin, le doigt pointé sur lui alors qu'il avait un petit sourire en coin.

— Comment va-t-il ?

— Bien mieux. Cependant il faut qu'il ménage ses efforts encore quelques jours, dit-elle en répondant au chevalier. Par tous les dieux, ne faites pas quelque chose d'aussi inconsidéré que de sauter d'une falaise, ajouta-t-elle d'un air entendu au garçon.

— Non, évidemment, dit-il en souriant.

Dans le couloir, Isaac mettait en garde le garçon. Il ne devait pas attirer l'attention sur lui et surtout ne pas révéler son identité, l'homme lui faisait bien comprendre qu'il n'avait pas que des amis dans ce château. Edwin comprit et alors qu'il était conduit dans le bureau de Lord Andrew, il commençait à se tracasser. Cela ressemblait à une rencontre officielle, du moins il le supposait, alors il ne savait pas trop ce qu'il était censé faire ou dire. L'un des deux chevaliers qui gardaient la porte du bureau du lord avait annoncé son arrivée au souverain.

— Faites-le entrer, entendit le garçon.

Le garde de nouveau revenu devant la porte l'avait alors ouverte plus largement afin d'inviter l'héritier à entrer dans le bureau de l'homme.

— Edwin Holking, dit l'homme. J'ai été surpris d'apprendre que vous étiez vivant et cela me fait plaisir de vous savoir parmi nous, aujourd'hui.

— Le plaisir est pour moi Lord Andrews. Je vous remercie de m'avoir accueilli, ici, dans votre château.

Le vieil homme balaya d'un geste rapide de la main les remerciements du jeune homme, avant de l'inviter à s'asseoir.

— Les intemporels sont à votre poursuite, dit-il aussitôt. Ils sont partout, même dans ce château maintenant. Ils disent que vous voulez rejoindre le royaume d'Otulas, pourquoi sont-ils persuadés de cela ?

Lord Andrews n'était pas du genre à tergiverser alors qu'Edwin mettait quelques temps avant de répondre, réfléchissant à la meilleure façon d'aborder le sujet sans braquer l'homme.

— C'est la vérité, je souhaite rejoindre l'autre continent pour former une alliance avec le frère d'Edgar Smérold. J'ai bon espoir que celui-ci nous aidera à reprendre nos terres.

Lord Andrews s'étouffa avec le liquide ambré qu'il avait si délicieusement commencé à déguster.

— La folie vous aurait-elle atteint, gamin ?

— Nous avons besoin d'aide ! Et la folie serait de ne pas le reconnaitre, Lord Andrews.

— De l'aide d'individus qui ont fait en sorte que nous en arrivions à ce stade. Nous avons tout perdu, ne rajoutons pas en plus notre fierté ! dit l'homme en tapant du poing sur la table. Vous êtes sans aucun doute trop jeune et trop naïf pour comprendre le monde dans lequel nous vivons.

Edwin tenait à rester courtois et à ne pas s'emporter comme un enfant l'aurait fait, mais l'homme allait trop loin. Alors lui aussi s'autorisait à dépasser les limites.

— Il n'est plus question de fierté mais de survie et cela même un enfant de quatre ans le comprendrait.

L'homme était abasourdi.

— Comment osez-vous vous adresser à moi sur ce ton, vous un gamin qui ne fait rien d'autre que de fuir et de se cacher ?

— Et vous qu'est-ce que vous avez fait pendant tout ce temps ? Etiez-vous seulement là lorsqu'Edgar Smérold a assiégé le château royal ? s'écria Edwin en se levant de son siège si subitement qu'il le fit basculer en arrière.

— Je suis resté ici et heureusement sinon tous ces gens n'auraient plus personne pour les protéger, répondit l'homme en buvant une gorgée de vin.

— Les protéger, ricana Edwin. Qu'est-ce que vous pensez pouvoir faire exactement pour empêcher les intemporels de vous attaquer s'ils le décident ? Vous refusez d'admettre que nous avons besoin d'aide alors que nous dépendons de la pitié d'Edgar et de son bon vouloir. Votre fierté est très mal placée, Lord Andrews, j'espère que vous le remarquez.

L'homme se servit un autre verre, après avoir fusillé du regard le garçon.

— Vous êtes aussi exaspérant que Leander. Lui aussi avait réponse à tout lorsqu'il avait décidé ce qui était bon et juste pour tout le monde, et regardez où il en est maintenant, répondit-il en bougeant son verre au gré de ses paroles.

— Il est mort en se battant pour ses croyances et je suis prêt à en faire de même. Mais est-ce que vous, vous êtes prêt à mourir en sachant que vous pouviez éviter notre mort à tous, tout en sachant que vous n'avez rien fait ?

— Il suffit ! J'en ai plus qu'assez de cette conversation, sortez d'ici maintenant, s'écria l'homme rouge de colère, personne encore ne lui avait parlé comme ça.

— Je n'ai pas…

— SORTEZ, hurla l'homme à bout de patience.

Sir Galaad sursauta lorsqu'il entendit Andrews hurler et la porte s'ouvrir à la volée sur le jeune Holking, le visage fermé. Il était passé à côté de lui sans même le remarquer.

— Par tous les dieux, même Leander n'était aussi impétueux que lui !

15

NÉGOCIATIONS DIFFICILES

Aaron et Alyssa avaient construit une petite embarcation de fortune et avaient fait le tour de la chute d'eau afin de s'assurer que le corps d'Edwin n'y était pas. Tous les deux regardaient l'eau avec réticence, ils avaient tellement peur d'y trouver le corps sans vie de leur ami. Après tout ce qu'ils avaient traversé tous les trois, Edwin était devenu important pour eux.

— Il y a un château là-bas.

— Un château d'humain, indiqua Aaron comme si Alyssa ne le savait pas.

— C'est le seul endroit où Edwin peut se trouver.

Alyssa avait raison, leur ami devait se trouver là-bas et alors les deux intemporels n'avaient pas d'autre choix que de sauter dans l'eau, afin d'avancer sans se faire repérer.

— Elle est gelée, souffla Alyssa d'une voix tremblante en remontant à la surface.

— Aide-moi, dit Aaron

Le garçon s'assit sur l'embarcation pour pouvoir la couler et effacer toute trace de leur passage. La brune l'aidait et après plusieurs longues secondes, quelques bulles qui remontaient à la surface attestaient de leur réussite. Le duo rejoignit ensuite la rive à la nage en prenant garde d'observer l'horizon afin d'être sûrs que des humains n'étaient pas à proximité. Alors qu'ils regagnèrent enfin le rivage, épuisés, les deux intemporels couraient le dos vouté et la tête baissée pour rejoindre le château. C'est en le contournant qu'ils pouvaient escalader un mur plus petit que les autres.

Edwin n'était pas allé au banquet, il n'avait vraiment pas faim. Voir tous ces gens se comporter comme si tout allait bien, comme si le reste du monde ne comptait pas, cela lui coupait l'appétit. Il préférait rejoindre les jardins, ici, il se sentait bien et surtout il ne se sentait pas surveillé.

BOOM

Le jeune homme se releva subitement de son banc en se demandant ce qui avait bien pu faire un tel bruit. Il se dirigea ensuite vers la source de gémissements plaintifs. Quelle ne fut pas sa surprise en découvrant ses amis au sol dans un enchevêtrement de pieds et de jambes.

— A-Alyssa, Aaron ! Mais qu'est-ce que vous faites là ?

La jeune fille se releva vite pour se jeter sur lui et le prendre dans ses bras, elle était tellement soulagée de le revoir vivant. Heureux, Edwin finit par enrouler ses bras autour d'elle en la serrant contre lui, faisant abstraction de ses vêtements mouillés.

— Salut Edwin, dit Aaron en tapant son épaule.

La jeune fille le lâcha en s'écartant, les joues rouges.

— Vous allez bien ? Comment se fait-il que vous soyez trempés ?

Les yeux de la jeune fille s'obscurcissaient et sans que le sang-mêlé en comprenne la raison, elle cogna ses poings contre lui.

— Non, mais ça ne va pas !

— Toi, idiot, crétin d'imbécile d'humain tu aurais pu mourir ! maugréa-t-elle en cessant de le taper à bout de souffle.

— Je suis désolé pour ça, Alyssa. Vraiment, mais je n'avais pas le choix, dit-il en l'attrapant par les épaules pour capter son regard.

La jeune fille comprenait mais elle avait eu besoin de soulager toute son inquiétude pour lui et maintenant elle était tellement contente de le retrouver.

— Raconte-nous un peu ton arrivée ici, dit Aaron en enlevant sa cape trempée qu'il déposa négligemment sur le dossier d'un banc.

Edwin raconta dans les moindres détails sa conversation avec Lord Andrews. Ses deux amis pouvaient sentir à travers ses paroles, toute la déception et la colère qu'il avait en lui.

— Ils veulent la paix sans faire la guerre. Mais ils ne comprennent pas qu'il n'y aura jamais de paix, nous serons toujours dépendants des choix d'Edgar, les humains méritent bien mieux que de vivre dans cette angoisse perpétuelle, dit-il en soupirant.

— Il ne faut pas leur en vouloir, dit une voix qui arrivait près du petit groupe.

Les deux intemporels prirent aussitôt une position défensive avec leurs bois, tandis qu'Edwin se plaçait devant eux pour les protéger d'une éventuelle attaque.

— Oh, vous pouvez ranger ces bois, ce n'est pas moi qui vous ferai du mal, je ne suis qu'une vieille femme, dit Myriama en s'approchant, un sourire accroché aux lèvres.

Edwin se détendit en constatant qu'il ne s'agissait que de la guérisseuse, il fit un signe de tête à ses deux amis qui rangèrent aussitôt leurs bois.

— Tenez, j'avais rangé le vôtre pour que personne ne le découvre, dit-elle en lui tendant.

Le garçon ne s'était même pas aperçu qu'il n'avait plus son bois sur lui, il faut dire qu'il avait tellement été tracassé par ce qu'avaient pu devenir ses amis qu'il en avait tout oublié.

— Le conflit avec les intemporels dure depuis fort longtemps. Cette haine entre les peuples est quelque chose d'ancré dans chaque individu, comme une marque au fer rouge.

— Je sais très bien que les deux peuples ne peuvent pas s'aimer du jour au lendemain mais il doit y avoir une fin à tout cela parce que si nous ne faisons rien, ce sera notre fin à tous.

Myriama regardait tendrement le garçon qu'elle avait vu naître. C'était elle qui avait procédé à l'accouchement de sa mère au château de Lionnegard. Dès qu'elle l'avait pris dans ses bras, elle avait su qu'il serait différent des autres. Son destin serait grand et en le regardant, elle ne doutait absolument pas de ses capacités à devenir un roi.

— Le changement est quelque chose de long et fastidieux, mon garçon. Le peuple dans sa globalité, dit-elle en regardant les trois jeunes personnes, est un enfant et vous êtes encore jeunes alors vous allez devoir faire vos preuves et imposer vos règles.

Cela n'était pas quelque chose d'évident, Edwin se sentait vraiment perdu et il aurait tellement aimé avoir un membre de sa famille à ses côtés pour l'épauler et le guider.

— Qu'est-ce que vous me conseillez ?

— Soyez sincère et agissez en équilibrant votre tête et votre cœur, dit-elle sincèrement.

Sur un dernier sourire, la guérisseuse repartit en direction du château. En réalisant que ses amis tremblaient littéralement de froid, Edwin les entraîna dans le château pour les emmener dans ses quartiers. A cette heure, il n'y avait jamais personne dans les couloirs, ils mangeaient tous. Une fois qu'ils furent tous les trois dans ses appartements, il se pressa de verrouiller la porte.

— Eh bien Lord Holking, je constate que vous bénéficiez de très beaux appartements, dit Aaron en parlant d'une voie exagérément grave, faisant rire ses deux amis.

— Oui et de coussins fort moelleux, répondit Edwin avec le même timbre de voix, regardez mon cher, continua-t-il en lui lançant le coussin en pleine tête.

Ce fut le déclenchement de la « guerre ». Chacun se saisit d'un coussin. Ils s'échangeaient des coups jusqu'à ce que leurs oreillers craquent et que des plumes s'envolent partout dans la pièce. N'en pouvant plus, Alyssa s'allongeait sur le lit tandis qu'Aaron s'étendait sur le tapis essayant de reprendre une respiration normale, alors qu'Edwin était sur un des fauteuils, ses jambes sur les accoudoirs.

Toc. Toc. Toc.

Les trois coups frappés à la porte accéléraient le rythme cardiaque du jeune héritier de Lionnegard, lui qui avait essayé de les calmer. En constatant l'état de la chambre, il se dit qu'ils ne pouvaient rien faire assez rapidement pour rétablir l'ordre. Il ouvrit suffisamment la porte pour pouvoir juste passer sa tête et son corps. Son interlocuteur ne devait surtout pas voir ses amis.

— Lord Andrews !

Dire qu'il était surpris de le voir était un euphémisme.

— Edwin, vous permettez ?

— Je préfèrerais marcher, si cela ne vous dérange pas Lord Andrews, dit le garçon

— Soit, s'exclama l'homme en s'écartant vivement de la porte.

Alors qu'ils marchaient doucement dans les couloirs accompagnés par des gardes, aucun d'eux n'engageait la conversation. Edwin qui n'aimait pas particulièrement ce silence gênant ne voulait pas être le premier à parler et après tout c'était l'homme qui était venu le chercher.

— Je ne saurais que trop vous conseiller de quitter le château. Je vous ai parlé de ces gens qui ne vous veulent pas du bien et justement, je crains qu'ils ne soient rejoints par d'autres d'ici peu.

— Je ne cesse de me demander pourquoi vous avez laissé ces gens s'introduire dans votre château ?

Le lord s'arrêta en plein milieu du couloir.

— Toute ces personnes qui se sont réfugiées ici, dépendent de mes décisions jeune homme. La moindre erreur peut être fatale pour tout le monde, comme vous le savez nous ne sommes pas en position de force. Je n'ai aucune marge de manœuvre.

— Donc vous souhaitez que je parte pour ma sécurité ou pour la vôtre ? Et si je ne pars pas, vous allez me livrer à eux ? dit Edwin sérieusement en regardant l'homme.

— Les bruits courent que vous n'êtes pas totalement ce que vous prétendez être, j'ai entendu dire que votre sang était mêlé. Je vous l'ai dit : je ne saurais que trop vous conseiller de partir sinon je ne pourrais rien faire pour vous, dit l'homme devant le teint mortellement pâle du garçon.

— Ma présence peut être bénéfique, dit Edwin en rattrapant l'homme qui avait repris sa marche.

— Non, cela n'est que dans votre tête. Aucun humain, aucun intemporel n'est prêt à accepter qu'un être tel que vous puisse exister. Et croyez-moi, il n'y a pas que les intemporels qui vous voudront du mal lorsque cela se saura.

Edwin se stoppa brusquement dans le couloir, blessé par les paroles froides de l'homme, c'était presque le même discours que lui avait tenu Aymeri Smérold, un jour.

— Un jour, je serai un roi et croyez bien, Lord Andrews, que je n'oublierai pas ceux qui m'ont aidé et ceux qui ne l'ont pas fait.

L'homme se retourna.

— Vous n'avez ni armée, ni château, ni trône, vous n'avez personne sur qui compter, ce jour n'arrivera jamais.

— Nul n'est plus déterminé qu'un Holking, dit Edwin en faisant volteface alors que l'homme réagit vivement en redressant la tête, reconnaissant là, la légendaire phrase de Leander Holking.

Lorsque le garçon revint dans ses quartiers, c'est avec un choc qu'il découvrit Leofortis. Il se demandait bien comment le lion avait fait pour le rejoindre, c'était invraisemblable. Edwin allait le caresser, mais Alyssa l'en empêcha.

— Si j'étais toi, je ne le dérangerais pas, le prévint Alyssa.

Edwin regarda Leofortis qui passait et repassait des coups de langue sur sa patte noire et mouillée.

— D'où sort-il ?

— Aucune idée, mais il est rentré par la fenêtre. Il s'est allongé et a commencé une toilette, dès que nous avons tenté de le caresser, il a poussé un genre de miaulement menaçant.

— Il n'aime pas trop que l'on touche à son pelage, un peu comme toi avec tes cheveux, dit Aaron en rigolant.

— Je ne fais pas ça ! répondit-il outré.

— Ah non ? dit Alyssa

Elle passa derrière lui en lui frictionnant la tête, alors qu'Aaron rigolait.

— Arrête, dit-il en replaçant ses cheveux correctement sous le rire de ses deux amis et alors il prit un air sérieux. Lord Andrews sait pour moi, je veux dire il sait que je suis un sang-mêlé. Des hommes d'Edgar sont dans le château et il m'a dit que je n'étais pas en sécurité, que je ferais mieux de partir.

— Je pense que c'est une bonne idée, dit Alyssa

— Oui, mais…Lorsque les hommes d'Edgar vont débarquer ici et constater que je suis parti, ils vont s'en prendre à tous ces gens. Je ne peux pas laisser faire cela, il s'agit de mon peuple, expliqua-t-il

— Aymeri pense que tu es mort, il en est même persuadé. Est-ce que des intemporels t'ont vu ?

Edwin hocha la tête, ce n'était plus qu'une question de temps avant qu'ils débarquent tous sur la plage.

— Mais j'ai un plan.

16

LA TEMPÊTE

Edwin orchestra sa disparition, il avait fait croire à tout le monde qu'il était parti et cela avait parfaitement fonctionné. Il avait rendu ses appartement propres, le lit fait – sans les coussins – et lui et ses amis étaient même allés jusqu'à détacher un voilier pour faire croire qu'ils partaient rejoindre le royaume d'Otulas. Tout le monde y avait cru, enfin tous ceux qui étaient au courant de sa présence dans le château. Mais ce que personne ne savait c'est qu'Edwin, Alyssa et Aaron étaient dans les jardins du château depuis quelques jours. Sa soi-disant fuite avait bien précipité les choses, les intemporels dans le château avaient immédiatement prévenu Aymeri qui n'avait guère mis très longtemps à arriver sur place, accompagné de plusieurs dizaines d'hommes et de femmes prêts à lancer l'assaut sur le château. Des rangs du chevalier se formèrent devant les remparts, tandis que d'autres au-dessus encochaient leur flèches.

— Lord Andrews, il apparaîtrait que vous déteniez un individu que nous recherchions activement. Mais, selon mes hommes, il a pris la fuite et vous n'avez rien fait pour l'en empêcher, quelle terrible trahison vous nous avez fait là, dit Aymeri d'un ton moqueur.

— Partez ou nous n'hésiterons pas à vous tuer ! hurla un des chevaliers, épée en main.

— Il me semble pourtant que ce sont les plus faibles qui meurent en premier, fut la réponse perfide d'un intemporel.

— ESPECE DE… Le chevalier fut retenu par quatre autres qui présentaient néanmoins des difficultés à le maîtriser.

Sur cette plage de sable, c'étaient les hommes en noir contre les armures rouge et doré, une bataille serait la seule issue. Mais alors que la situation était bloquée, la venue d'un troisième groupe surprit les deux autres.

— Réunion de famille ! Mes chers cousins je suis dans le regret de vous dire que le morveux Holking a pris la poudre d'escampette, dit Aymeri en s'adressant au groupe qui venait d'arriver. Ou bien, il est mort en chutant de la falaise ce qui me réjouirait, je dois l'avouer.

Cillian Smérold était à la tête de ce groupe, ses yeux étaient fixés sur son frère Ezékiel qui était aux côtés de leur détestable cousin.

— Où est mon fils, Aymeri ? cracha Maïeul en sortant des rangs d'un air menaçant, son bois tapant sur le sol.

— Mort tout comme cette fille, comment elle s'appelle déjà, demanda Aymeri en tendant l'oreille à un des intemporels à ses côtés.

— A-Alyssa, Monseigneur.

— C'est cela, Alyssa. Très joli prénom, dit-il joyeusement.

— Je vais te tuer, espèce de… Cillian retenait le thérianthrope d'une main en fixant son cousin.
Edwin décida qu'il était temps pour eux de faire leur entrée et de rassurer le père d'Aaron. Chacun avait son capuchon sur la tête et essayait de se frayer un chemin à travers les chevaliers pour passer au premier rang.

— Nous ne sommes ni enfuis ni morts, nous sommes là et nous vous attendions, dit fortement Edwin en passant devant le rang des chevaliers avec ses amis

Le sourire d'Aymeri disparut à la seconde où le détestable trio était apparu.

— Des revenants, annonça-t-il avec colère

L'intemporel commandant se taisait et s'il avait pu, il se serait lui-même enterré dans le sable devant le regard noir d'Ezékiel. Il regrettait maintenant d'avoir affirmé avec conviction que le gamin était mort dans la chute. De l'autre côté, Edwin entendait les chuchotements de Lord Andrews et Sir Galaad derrière son dos mais il décidait de les ignorer. Il s'avança au centre des trois groupes pour avoir la pleine attention sur lui.

— Il y a ici deux groupes d'intemporels, annonça Edwin devant l'assemblée de chevaliers. Il y a ceux qui veulent vous voir morts, s'écria-t-il en pointant du doigt le groupe d'Aymeri. Et il y a ceux qui sont restés indifférents à notre sort, continua-t-il en pointant le groupe de Cillian cette fois-ci.

Il marqua une pause.

— Nous pouvons dans les deux cas leur reprocher tous nos maux, parce que oui ! Oui, ils sont responsables de nos souffrances, des pertes que l'on a subies, de nos villages détruits. Mais qui sommes-nous pour les juger ? Nous aussi nous avons souhaité leurs morts et nous aussi nous sommes restés indifférents face à leur souffrance lorsque nous avons tué des membres de leur famille.

— ILS ONT TUÉ NOTRE ROI ! hurla un des chevaliers en pointant son épée sur le groupe d'Aymeri et sur celui de Cillian.

L'homme était vraiment très grand, avec une carrure imposante et une grosse barbe brune. Il était le genre d'hommes qu'il ne valait mieux pas provoquer, son regard parlait déjà pour lui.

— Oui, ils ont tué toute ma famille. Et oui ! Pour ceux qui ne le savent pas encore je suis Edwin Holking et je suis bien vivant. Et si je me tiens aujourd'hui devant vous c'est en partie grâce aux intemporels.

— Foutaise ! hurla le même chevalier

Edwin se décala pour avancer jusqu'à l'homme.

— Il n'y a qu'un seul homme qui est responsable de tout cela et il n'est certainement pas l'image représentative de tout ce peuple. Edgar Smérold, s'écria Edwin en reculant. C'est lui le responsable, il cherche à nous diviser afin de mieux nous contrôler. Il fait en sorte de provoquer notre colère, de nourrir notre haine, il nous pousse dans nos retranchements pour faire ressortir ce qu'il y a de pire en nous !

Aymeri tremblait littéralement de rage. Le morveux qui aurait dû mourir dans cette foutue chute d'eau, tenait un discours de paix entre les deux peuples. Tout ce que son père voulait éviter. S'il ne faisait pas rapidement quelque chose, le gamin pourrait parvenir à ses fins.

— Qui d'autre que toi pourrait essayer de nous réunir ? coupa le fils d'Edgar, son regard méprisant pointé sur le garçon. Tu leur as dit Edwin qui tu étais vraiment ?

Le petit-fils de Leander se tourna vers Aymeri, son visage commençait déjà à se décomposer. Tout le monde avait des secrets dans cette assemblée, humains comme intemporels, tout le monde avait quelque chose à cacher. Edwin faisait partie de ceux qui n'étaient pas encore prêts à dévoiler le sien, parce qu'au fond, lui-même n'avait pas totalement accepté son identité. Mais le jeune homme savait que dès lors que l'attention était rivée sur une personne alors tous ses secrets pouvaient être découverts et dévoilés, c'était un risque et il l'acceptait.

— Je peux voir dans chaque regard qu'aucun d'eux n'est au courant de ce que tu leur caches, dit Aymeri en savourant déjà leur future réaction.

Ezékiel comprit parfaitement les intentions de son cousin.

— Je suis sûr que tout le monde se souvient de cette rumeur qui circulait sur le couple princier. Vous savez celle qui racontait qu'Yvain Holking avait épousé une intemporelle. Leander Holking avait alors démenti avec conviction.

— PARCE QUE C'EST LA VÉRITÉ ! hurla le même chevalier.

— C'est la vérité que nous avons tous voulu croire, nuance, répliqua Aymeri. Mais aussi improbable et dérangeante soit cette idée il n'y a rien d'impossible, n'est-ce pas ? dit-il en faisant naître le suspens, il adorait ça.

— Tu vas le cracher ton morceau où il faut que je t'ouvre la gorge pour te faire sortir les mots, dit l'homme à l'armure d'une humeur massacrante.

Aymeri fut coupé dans son élan par Edwin.

— Cette rumeur était vraie. Et de ce fait, je suis un sang-mêlé.

Aaron qui était dans les rangs aux côtés des humains, ricanait doucement tout seul en observant la tête d'Aymeri Smérold. Celui-ci avait l'air d'un poisson hors de l'eau, Edwin venait de lui gâcher son effet de surprise.

— Je ne veux aucun survivant, dit Aymeri avec un calme effrayant.

Ce qu'il restait des drakanoirs furent lâchés sur les humains tandis que tous les hommes en capes noires s'étaient lancés à l'attaque des humains en créant une immense vague de sable devant eux.

— Aaron rejoins ton père et convaincs-le que nous devons nous battre ensemble. Alyssa va avec lui, dit-il alors qu'il courait déjà pour rejoindre quelqu'un d'autre.

— Par tous les dieux de l'enfer, qu'est-ce qu'ils sont en train de faire ces crétins !

— Ecoutez-moi ! Ecoutez-moi tous, s'écria-t-il pour attirer leur attention. Ces intemporels vont utiliser tous les moyens nécessaires pour nous tuer et même si nous sommes plus déterminés qu'eux, ils restent plus forts. Nous allons devoir nous allier avec le groupe d'intemporels là-bas si nous voulons avoir une chance, expliqua-t-il en espérant être convaincant.

Edwin voyait au loin ses amis accompagnés du père d'Aaron, ils discutaient avec un autre homme qui semblait les écouter attentivement.

— Je préfère encore mourir plutôt que de m'allier à ces êtres, dit l'un des hommes autour du garçon.

— Réfléchissez un peu ! C'est une occasion pour montrer à Edgar que nous ne sommes pas ses pions.

— Comment être sûr que vous n'êtes pas dans le camp d'Edgar et que toute cette comédie n'est rien d'autre qu'une vaste manipulation pour nous tuer ? dit Lord Andrews en arrivant près de lui, épée en main.

— Edgar n'a pas besoin de moi pour vous tuer. Ses hommes peuvent le faire d'un simple mouvement de bois, si je suis là c'est pour le royaume et pour la paix. J'aurais très bien pu vous laisser à votre sort, mais je suis resté ici pour vous aider et vous convaincre de m'écouter pour une fois. Tous semblaient réfléchir, mais le temps n'était pas à la réflexion. Leurs ennemis approchaient et peut-être la mort avec eux.

— J'ai juré fidélité à votre famille il y a bien longtemps déjà, vous pouvez compter sur moi, jeune roi.

Edwin était touché par les paroles de l'homme.

— Nous sommes tous avec vous, conclut Isaac soulageant le garçon.

De loin, il fit signe au petit groupe d'intemporels qui le regardait semblant attendre son accord pour approcher. Et c'est ce qu'ils firent, pour la première fois depuis l'existence des premiers hommes, humains et intemporels s'allièrent contre un ennemi commun.

— Seulement les capes noires, prévint Edwin en s'adressant aux chevaliers.

Les humains et les intemporels se regardaient de travers mais le jeune homme n'en avait cure, ils n'étaient pas forcés d'être amis pour être alliés. Maïeul se rapprocha du trio, il ne voulait pas qu'ils restent ici et préférait nettement les savoir en sécurité.

— Rejoignez les bateaux, dit Maïeul aux jeunes.

— Q-quoi mais non ! répliqua véhément son fils.

— Vous vous êtes admirablement bien battus jusqu'ici, c'est à nous de prendre la relève, expliqua son père en posant une main sur l'épaule de son fils.

— Faites ce qu'il dit, dit Cillian en appuyant la demande du thérianthrope.

Si Aaron finit par céder devant le fils du roi Arthémo, Edwin eut beaucoup de mal à lâcher prise. Cela faisait plusieurs mois qu'il se battait contre eux et maintenant on lui disait d'abandonner, de partir et de les laisser gérer.

— Allez viens, Edwin. Laissons-les faire, dit Alyssa en le tirant par le bras.

Alors même que le trio partait, l'immense vague de sable arrivait sur eux. Les chevaliers se préparaient à l'affronter mais finalement ils n'avaient pas besoin de l'appréhender puisque les intemporels avaient, en quelques mouvements de bois, dissipé tout le sable en direction des capes noires. Isaac Galaad dressa son épée en hauteur, au-dessus de toutes les têtes.

— POUR EDWIN ! hurla-t-il en se jetant sur les intemporels.

— POUR EDWIN, répétèrent tous les chevaliers en se lançant dans le combat.

Le trio ne se rendit pas jusqu'au bateau : les cris, le bruit entre les bois et les épées qui fracassaient l'air, avaient stoppé tout mouvement d'Edwin. Il ne pouvait pas faire un pas de plus tout en sachant que ce combat avait lieu à cause de lui, il fit demi-tour en ignorant ses amis qui l'empêchaient d'y retourner.

— Non, Aaron… Ton père, commença Alyssa en voyant le garçon suivre Edwin.

— A besoin d'aide, coupa Aaron. Va te mettre à l'abri et laisse-nous gérer cela, dit-il doucement en souriant pour que cela ne passe pas pour un ordre.

— Certainement pas, dit-elle outrée. Je viens avec vous.

Au fond, il le savait. Au moment même où il avait dit cela, il savait qu'elle finirait par les suivre. Alyssa était une battante, ce n'était pas le genre de filles à rester cachée même lorsque le danger était grand, même si elle avait moins de force et même si c'était une fille, elle voulait être présente et les aider à sa manière.

— Ne prends pas de risque inutile, dit-il en la serrant brièvement dans ses bras avant de se lancer à travers la bataille.

Le trio était bien plus fort que ce que tout le monde pouvait croire. Alyssa se démenait et elle était douée, ses facultés lui permettaient de prendre l'avantage sur la force des hommes. Quant à Edwin, il avait hérité de la témérité et du courage de sa famille. Le jeune héritier de Lionnegard se lança dans la bataille, déterminé à faire face à Aymeri Smérold. Edwin n'avait jamais imaginé tuer une personne que cela soit un humain ou un intemporel pourtant c'était ce qu'il venait de faire, pour rester en vie, il avait dû tuer – certes il s'agissait d'un ennemi – mais cela restait un être vivant. Il avait l'impression d'être quelqu'un d'autre à ce moment-là, ses yeux s'étaient obscurcis et son visage était déformé par la douleur, la haine et tout un tas de mauvais sentiments qui le submergeaient. Il était finalement parvenu à arriver devant Aymeri.

— Qu'est-ce que tu penses faire exactement, morveux ? Tu viens te livrer ?

Edwin avait ses cheveux complètement ébouriffés, son arcade sourcilière saignait, ses vêtements étaient déchirés et sa jambe lui faisait atrocement mal à l'endroit où la sombre créature l'avait mordu. Mais malgré toutes ses blessures et son air pitoyable , sa détermination n'avait pas failli, elle était même exacerbée.

— Je peux facilement vous échapper sans utiliser la moindre faculté, pourquoi choisirais-je ce moment-là pour me livrer ? répliqua Edwin en faisant tournoyer son bois avec sa main.

— Change de ton ! Je pourrais facilement te tuer, menaça Aymeri en avançant d'un pas.

Le sourire narquois du garçon, énervait encore plus l'homme.

— Il me semble pourtant que la dernière fois c'est moi qui ai failli vous tuer, répondit-il.

C'était la remarque de trop. Aymeri tira alors son bois de sa manche qui s'agrandit aussitôt. Il allait en finir, là maintenant, avec le gamin. L'homme ne contrôlait plus sa rage, tout ce qu'il voulait c'était tuer ce morveux insolent qui le faisait cavaler depuis des mois.

— C'en est fini de toi, s'écria-t-il en tapant si fort contre le bois d'Edwin qu'il l'envoyait plusieurs mètres plus loin.

Aaron arrivant sur place, se jeta sur Ezékiel pour éviter que son ami se retrouve à affronter deux intemporels tout seul. Mais Ezékiel Smérold était puissant, bien trop fort pour Aaron qui se fit éjecter d'un simple coup de vent par l'homme.

— Vous avez encore des progrès à faire pour pouvoir seulement penser à me défier, indiqua Ezékiel qui ne bougeait pas d'un seul pouce.
Aaron allait répondre lorsqu'un cri de douleur parvint jusqu'à ses oreilles. Sa tête se tourna

immédiatement vers son ami et quel ne fut pas son choc lorsqu'il découvrit le bois – devenu aussi fin et petit qu'un poignard – d'Aymeri Smérold planté dans la poitrine d'Edwin.

— J'ai tué votre tante de la même façon, se vanta l'homme en laissant son fardeau retomber au sol.

Le jeune roi avait mal. La douleur était indescriptible, lancinante, il n'avait jamais ressenti cela auparavant. Tout s'était déroulé très vite, il n'avait pas réussi à esquiver le coup de l'homme alors qu'il tentait de ramasser son bois. Le jeune homme avait senti sa peau se déchirer, puis une douleur qui persistait. Lorsque l'intemporel avait retiré le bois de son corps, la douleur s'était amplifiée et alors, ses jambes s'étaient dérobées sous lui, ne supportant plus le poids de son corps. Allongé au sol, il sentait son sang s'écouler le long de son torse et sa chemise qui lui collait à la peau, Edwin n'avait plus la force de se relever. En constatant que son ami était au sol et qu'il sombrait dans l'inconscience face à Aymeri Smérold qui s'apprêtait à lui porter le coup fatal, le jeune thérianthrope n'hésita pas à se jeter tête en avant vers l'homme en le ceinturant pour le plaquer au sol. Ezékiel esquissa un geste en direction du corps de l'adolescent mais Leofortis sauta par-dessus Edwin en poussant un rugissement menaçant.

Le petit-fils de Leander était reconnaissant d'être parvenu à atteindre ce lieu et il n'avait pas été très loin de rejoindre le royaume d'Otulas. Alors qu'il se sentait faiblir, des larmes glissèrent le long de ses tempes sans qu'il puisse les contrôler. Le jeune homme était maintenant persuadé que le destin existait, même si l'aventure n'avait commencé que quelques mois plus tôt, il était finalement parvenu pendant ce combat à rassembler les deux peuples. Avait-il réussi sa destinée ? Peut-être. Il espérait que cette bataille diffuserait le message de paix qu'il avait créé en associant les deux peuples dans ce combat.

Alyssa blêmit, persuadée que la forme qu'elle distinguait de loin au sol était Edwin et soudain elle eut peur. Elle était terrifiée à l'idée qu'il ait pu arriver quelque chose à son ami. Cela ne pouvait pas prendre fin, ici, sur cette plage alors qu'il était à côté du bateau, prêt à partir sur l'autre continent. Elle se mit à courir pour rejoindre le petit groupe, lorsque ses craintes furent avérées, la jeune fille se laissa tomber à côté du corps de son ami.

— Non, Edwin, murmura-t-elle dans une litanie, la voix brisée par la tristesse.

Aaron avait du mal à tenir le rythme face à l'homme qui avait plus d'expérience et qui était plus puissant que lui. Alyssa jeta un coup d'œil à l'autre homme qu'elle savait être Ezékiel Smérold, le prétendu prince de royaume d'Otulas. Celui-ci avait les yeux fixés sur Leofortis, le lion faisait rempart entre lui et le garçon. La jeune fille ne comprenait pas pourquoi il ne faisait rien, il aurait aisément pu se saisir de son ami, pourtant, il ne le faisait pas comme si le félin l'hypnotisait. Maïeul fut alerté que son fils se battait contre Aymeri mais à chaque fois qu'il voulait le rejoindre, il était continuellement interrompu par ses adversaires qui souhaitaient définitivement le voir mort. Sir Galaad se précipita sur le groupe qui était plus loin, persuadé d'y trouver Edwin, mais la première personne qu'il vit, était Ezékiel.

— Vous, dit-il en le regardant avec haine, le visage ensanglanté comme la plupart des hommes, le sable collant à ses vêtements, les cheveux au vent.

— Aaron ! s'écria Alyssa, alarmée par la situation.

Aymeri créa un trou dans le sol, faisant tomber, par la même occasion le jeune homme à l'intérieur. L'intemporel s'apprêtait à diriger son bois à toute vitesse contre le garçon dans le but de le blesser grièvement. Aaron ne pouvait rien faire, il ne s'était jamais senti aussi impuissant qu'à ce moment-là, Isaac mit finalement fin au calvaire de l'adolescent. Son épée transperça le torse de l'intemporel, sous le choc de voir la lame apparaître devant ses yeux, Aymeri tomba finalement à genoux, le visage stupéfait. Aaron voyait bien dans ses yeux qu'il ne comprenait pas ce qu'il venait de se passer. Mais le chevalier n'était pas satisfait pour autant, à peine sa lame était sortie du corps de l'intemporel qu'il se jeta sur Ezékiel.

— Espèce de traître, hurla-t-il à pleins poumons.

Ezékiel ne devait qu'à ses très bons réflexes pour sortir son bois caché dans sa manche et l'agrandir afin d'éviter la lame tranchante. D'un mouvement habile et puissant, il plaqua le chevalier au sol. Il n'eut pas le temps d'entamer d'autre mouvement, que ses frères se rapprochèrent avec un nombre conséquent d'individus encore en état de se battre.

— Nous sommes à présent bien trop nombreux pour vous, fit remarquer Cillian en regardant son frère.

Impassible, Ezékiel analysait la situation d'un simple coup d'œil. Il serait idiot d'affirmer qu'ils avaient encore leur chance face au camp de Cillian maintenant que les humains étaient de leur côté.

— Dans ce cas, qu'est-ce que vous attendez pour partir ? demanda le frère aîné des Smérold.

Les deux frères ne se quittaient pas des yeux, comme si, à travers cet échange silencieux, ils communiquaient.

— Nyal embarque les jeunes sur un des navires et commence à partir. Timoléon va avec lui, dit soudainement Cillian.

— Ramassez-le, nous rentrons, ordonna Ezékiel de son côté en coupant le contact visuel avec son frère pour faire volteface.

— M-mais et le garçon ?

— Est dans un état grave, cela serait un miracle s'il survivait. Et même si c'était le cas je ne tiens pas à engager un combat pour le récupérer. Tu es peut-être téméraire, Stulton mais moi, je ne suis pas suicidaire.

Le petit homme essayait tant bien que mal de suivre Ezékiel. Deux hommes costauds portaient le fils d'Edgar, chacun avait un bras sous son épaule. Aymeri était à la limite de l'inconscience, sa tête était tombée et bougeait au gré des pas des deux hommes. Il essayait de maintenir une main sur sa plaie pour comprimer le sang, mais même cela lui demandait beaucoup de force.

— Attaquons-les, dit Timoléon.
Cillian se retourna vers son frère, le regard assassin.

— Le combat est dorénavant terminé. Il n'est pas question que j'attaque mon propre frère de dos. Serais-tu un lâche ?

— Ezékiel a choisi son camp. Crois-tu que lorsqu'il le pourra, il ne nous tuera pas ? Chacun de ses hommes le fera lorsque l'occasion se présentera à eux, siffla-t-il en montrant du doigt le groupe qui partait.

— C'est bien là, la différence entre eux et nous. Nous ne sommes pas des tueurs Timoléon, nous le sommes devenus parce que nous n'avions pas le choix.

Cillian se retourna pour placer une main sur l'épaule de son frère.

— N'oublie jamais nos origines, mon frère.

L'intemporel partit ensuite rejoindre les autres sur les navires et pour la première fois depuis l'existence des deux peuples, les humains présents lors de la bataille furent invités à accompagner les intemporels au royaume d'Otulas. Cillian ne pouvait qu'admirer le courage dont le jeune Holking avait fait preuve en restant ici pour affronter Aymeri et ses hommes, il avait fait honneur à sa famille. Il ignorait son état de santé mais en ce jour, Edwin Holking était devenu bien plus qu'un garçon, bien plus que le sang-mêlé ou le jeune roi de Lionnegard, il était, par cette bataille, le symbole même de la résistance contre Edgar Smérold

REMERCIEMENTS

C'est une formidable aventure qui débute pour moi ! Mais comme les intemporels, je n'ai pas fait cette route toute seule alors un grand merci à Alban, mon premier lecteur, à Véronique pour tout le temps que tu as consacré dessus et à Agnès qui a fait un travail exceptionnel. Merci à ceux qui ont cru en mon projet dès le début, Léa et Candice. Merci à Elisabeth pour tes précieux conseils. Merci à ma mère, Sonia à toute ma famille, mes amis et à mes collègues pour leur soutien.

Loi n°49-956 du 16 juillet 1949 sur les publications destinées à la jeunesse, modifiée par la loi n°2011-525 du 17 mai 2011.